冰如劍
唐尼宇
BUZZER BEATER
最後一擊
傳奇 4

推薦序

追逐夢想，就是要永不停歇

熱血 NBA 作家 HBK

說來有趣也帶一點驕傲，我會認識冰如劍是在二〇一三年的八月，他私訊我的粉絲團，分享了一段他所寫的小說內容，並且告訴我，我所寫的每一篇文章都觸動了他內心籃球熱血炙熱的魂魄，讓他想繼續做他的籃球夢，即便不可能像林書豪一樣打進 NBA，但至少能寫一篇動人心弦，彷彿自己置身於故事中的熱血籃球小說，用文字的力量感動他人，讓愛籃球的夢能延續下去。

那時我得知他正在當兵，且還是擔任勤務很多的憲兵，他所寫的小說都用自己放假時間埋頭苦幹地在寫文與構思劇情，當時我就在想，這個年輕人到底有什麼問題？通常當兵放假就是出外遊玩放鬆自己，他反而是在休假時，繃緊神經絞盡腦汁在寫作，整個陶醉於自我的世界裡，展現出樂此不疲態度。

雖然我們兩人之前完全不認識，也未曾見過面，但我由衷地被他的堅持所感動，也對於這位小粉絲印象深刻，並鼓勵與期許他能真正完成自己在寫作上的夢想，即使這條路並不好走又坎坷，還是希望不要輕易放棄。

而我們兩人接下來就中斷聯繫，相隔將近一年，在二〇一四年的七月中，我又在我堆積如山的私訊收件夾裡看見一個有點熟悉的名字，點開來看，恍然大悟，這不就是去年立志要當小說家的年輕人嗎？

很快地，發現我當時深怕他半途而廢的想法根本是多慮了，他開門見山地告知我他已經退伍，並且他的小說已經開始在連載，分享一個叫做「POPO 原創」的線上創作網站給我，那裡充斥著許多優秀的華文創作者，有琳琅滿目的類型，而我在其中一個項目裡，看到一本名為《最後一擊》的作品排在排行榜前端，作者就叫做冰如劍。

再點進去，看到總字數來到五十幾萬，已經累積了不少死忠的讀者，真的不由得會對他感到驕傲，甚至自嘆不如，在追夢的過程裡，我眼裡的這年輕人比我還要堅毅與執著。

深入再談，他告訴我退伍後他每個禮拜至少要寫幾萬字的內容，強烈鞭策要求自己要做到，打工回家就是寫文，且在夢想成為作家的路上他與家人鬧得並不愉快，但他為了堅持自己的夢想，離開老家台南到台北，住在一個加蓋的鐵皮屋裡，在夏天炎熱高溫猶如烤箱的環境下，他仍能持之以恆完成他對於讀者每週更新的期待，真的能深刻了解與體會，他是真正燃燒熱情在享受這追夢的過程。

俗話說，一個有決心和擁有清晰目標的人，他們會時時刻刻砥礪自己要抓緊夢想，不僅僅牢牢記住在心坎裡，一刻也不與它分開，還要永不停歇地去追逐。因為夢想對於他就像吃飯、睡覺一樣重要，要把這滿腹的凌雲壯志化為動力，而不只是淪為空談，全力以赴不給自己留下遺憾，在我眼裡，冰如劍就是這樣子的築夢者，真的很讓我欣賞，我們也因此成為好朋友。

這本書，《最後一擊》，我能說這是我看過最熱血的籃球小說，就我自己也常在寫文、不時會買書來閱讀，以及我同樣是深愛籃球愛打籃球的人，《最後一擊》真的可以勾起心中對於籃球的熱魂，就好像在看一場精彩的比賽一樣，讓人欲罷不能想看下去，且能聯想到很多東西。

啟南高中就好像 NBA 裡六〇年代的波士頓塞爾提克，十三年內拿下十一座總冠軍，包含不可思議的八連霸，統治了當時整個籃球界。而啟南高中，三十年二十次冠軍，一句「啟南王朝，無可動搖」，這也會讓人聯想到《灌籃高手》裡的山王工業，連續三十年都是秋田縣的第一種子，他們不僅僅是「常勝」，而是到了「不敗」的地位，直到他們遇到了湘北高中。

光北高中就彷彿是湘北高中，像流星一樣璀璨地一閃而逝，擊敗了可說是無敵的啟南高中，但結局也與《灌籃高手》的湘北高中神似，遭逢主力受傷，下一戰已氣力放盡，神奇之旅也就此畫下休止符。

李明正的籃球夢，就交由自己的兒子李光耀來繼承，在籃球已沒落的光北高中裡，他自信滿滿要掀起一股革命與復興的浪潮，而從他那鋒芒畢露的球技、桀驁不馴的個性上，很有 Kobe Bryant 或者是 Allen Iverson 的影子存在，他們的共通點都是，享受挑戰、證明自己、打爆眼前所有對手，相當迷人的英雄特質。

而更有意思的是，要復興光北高中，光靠李光耀是不夠的，他得組一個團屬於光北高中的「正義聯盟」，他必須招募自己的左右手，一樣與他熱愛籃球，並有著想化腐朽為神奇的鬥志，願意一起有共同目標的隊友。

你可以看看一個只會投三分的超級神射「王忠軍」，一個不會打球但擁有極佳身材的門神「麥克」，以及之後陸續加入的隊友們，每個人都有自己的故事和各自對於籃球的牽絆，這也是整個小說的迷人之處。

所以如果你也愛籃球，《最後一擊》怎麼可能不會吸引你？有著太多讓人熱血與共鳴的籃球精神與記憶，且最重要的是，從文字裡，你可以感受到冰如劍他對於籃球的愛與熱情，這是只有真正愛籃球的人才寫得出來，一個裝載著他靈魂的精彩之作。

相信我，閱讀《最後一擊》，會時常令你想拿起球就跑去球場鬥牛，光是這一點就能證明這個故事有多迷人，能夠燃燒著你我對於籃球的激情，讓我非推薦給大家不可。

冰如劍本人也是整個故事精神的縮影，值得大家去學習效法，追逐夢想，就是要永不停歇。

推薦序
從最後一擊　看懂 WE WILL 精神

星裕國際總經理　王立人

當《灌籃高手》和《影子籃球員》成為當代經典籃球動漫，相信大家更驚喜可以看到從台灣學生籃球出發的《最後一擊》，不同動漫的是，學生籃球聯賽的熱血、執著、激情與感動透過文字力量被闡述出來。除了其中的友情、親情和純愛故事外，推薦看這部小說的原始動力絕對是，夢想。

光北高中，一支原本不被看好的隊伍，一路從丙級打到乙級，再打進象徵高中籃球最高殿堂的甲級聯賽，靠得不是天分、不是機運，而是比別人更殘酷的訓練內容，以及對勝利的極度渴望。在球場上展現超強能力的李光耀，連隊友都不知道他每天早上四點就摸黑起床練球，週末沒練球時間也堅持到公園自我訓練，李光耀的自信、球場上的每一個好球都是由背後無數艱辛訓練助攻而成，我想要拿 UNDER ARMOUR 最常鼓勵正在挑戰夢想的人一些正面金句送給大家：看得見的閃耀，來自黑暗裡的瀝煉。

也許這樣的夢想故事正發生在台灣某個角落，UNDER ARMOUR 秉持著「讓運動者更強」的品牌理念加入 JHBL 國中籃球聯賽，便是要全力支持學生球員勇敢追夢，築夢踏實，總有一天，大家對運動的一切努力能被看見，WE WILL。

推薦序

大聲說出你的夢想，敢於投出你的「最後一擊」

《極力誌》聯合創辦人　王偉鴻

每個人的心裡，都收藏著一個不為人知、不敢大聲說出來，以及還沒有勇敢去完成的夢想。有人想成為籃球員、有人想環遊世界、有人想當個作家、有人想當個演員、有人想……是的，很多人都停在「想」這個階段。對於夢想，有多少人能有自信地大聲說出來，不懼艱辛地去追尋？

二〇一五年五月，《最後一擊》作者冰如劍毛遂自薦，將《最後一擊》投稿到《極力誌》，編輯們看過故事大綱及部分故事內容後，便決定邀請冰如劍做連載。事實上，《極力誌》看到的，不單是《最後一擊》的故事，還有看到冰如劍的故事。一個年輕人，為了「作家」這個夢想，勇敢地踏出第一步，努力地開創自己的路。

《最後一擊》的故事好看與否，交由讀者自行判斷，我們不做評論。但至少《極力誌》的編輯們看不到有什麼不妥的地方，既然如此，何不給這位充滿幹勁，努力追尋夢想的小伙子一個平台、一個機會，讓他的作品得到更多人的欣賞？

「我以後要成為全世界最強的籃球員」這句話，經常掛在主角李光耀的嘴邊，曾幾何時，也一度掛在自己的嘴邊。而現實的結果，就不用多談了。《最後一擊》讓我想起讀書時，跟籃球隊隊友們在球場上一起揮灑汗水、一起努力練習，互相扶持的情景。我還記得，當大家練習完後倒在學校的球場上，看著夕陽西下的天空，還有訓練後到便利店搗亂的嘻哈日子。那時我們沒有想太多，就只是想專注地去打好每一場比賽。我們什麼都不怕，就只怕面對強勁的對手時，有人會退縮。我們挺起胸膛走入球場，不論結果，也要挺起胸膛走出來。

離開校園之後，經過社會洗禮的你，是否還有勇氣向其他人大聲說出你的夢想呢？還在猶疑是否該為夢想踏出第一步？當你看過《最後一擊》後，相信會讓你找回那青春歲月，重新找回當時無懼一切，充滿熱血幹勁的自己。

夢想並不可怕，就像主角李光耀一樣，自信地大聲喊出你的夢想，然後勇敢地踏出第一步，頭也不回地為夢想走下去。你在球場上投出要分勝負的「最後一擊」，結果會是什麼，沒有人知道；但重要的是，你敢於投出這「最後一擊」，才能看得到結果。在此祝願冰如劍及《最後一擊》能取得他應有的成功。

啊！還有，我的籃球夢沒有就這樣完結，就像李光耀的爸爸李明正一樣，只是用了另一種方式去繼續。我和冰如劍一樣，也是個不到三十，為夢想而努力的人。

推薦序

說書人　柳豫

你喜歡籃球嗎？

在談《最後一擊》之前，我想聊聊《灌籃高手》。

《灌籃高手》是我們這個世代的共同記憶，還記得當初動畫首播，正好是在我的兒童美語班放學時間，我總是學櫻木花道手刀衝刺趕回家，準時和湘北隊一起追逐稱霸全國的夢想，每次聽到片尾曲〈我只凝望著你〉就覺得哀傷，小時候娛樂並不多，在上學與補習的日常之中，《灌籃高手》就是每週支撐我活過七天的動力。

隨著年紀增長，重看了漫畫、動畫無數次，對這部作品的愛卻有增無減：十歲時最喜歡流川楓，沒什麼好說的，就是帥；二十歲最喜歡櫻木，喜歡那自信、無所畏懼、勇敢追夢的身影；三十歲最喜歡三井、赤木、木暮，因為他們讓我看到的不只是夢想，還有夢想與現實之間的掙扎。

如果你沒有看過這部漫畫，你大概不知道我有多麼羨慕你，並且不計代價想要和你交換，因為這樣就能再次體會第一次看到這部神作的感動了。

然而，我在《最後一擊》中竟再次看見這種感動——作為一部描寫籃球、青春、夢想的小說，無可避免地會讓人聯想到《灌籃高手》這道高牆，但《最後一擊》並未因此受到局限，反而創造出一部屬於台灣的高中籃球小說——你在書中不會看到流川楓、櫻木花道、赤木剛憲，不過，你將看到另一支讓人打從心底喜愛的球隊，看到王牌的光芒與團隊合作的光輝，看到夢想這條長路上，那些困頓、挑戰、歡笑、汗水和淚水。

我在《最後一擊》於網路上連載的後期開始追蹤收看，結果一發不可收拾，七天之內追上這部超過兩百萬字的長篇連載小說的最新章，作者冰如劍說故事的方式輕快而充滿魔力，讓人一邊陪伴、見證書中主角群的成長，一邊從他們身上得到滿滿能量，當你翻開小說的第一頁，你也將加入光北高中的這趟奇幻之旅。

你有夢想嗎？你喜歡籃球嗎？如果你喜歡，相信你會喜歡這個故事。

我誠心推薦《最後一擊》這部小說——我很喜歡，這是我的真心話。

推薦序

音樂創作者　陳零九

已經有點忘記第一次是在哪裡看到他的文字，冰如劍，這三個字讓我先入為主以為寫出來的內容會是武俠類的小說，我非常喜歡武俠的題材，當然他確實也是，我很喜歡冰如劍的另外一部長篇叫做《刀神》，非常非常喜歡，也推薦給大家可以去POPO原創閱讀，相信喜歡修仙武俠類的讀者們會很愛。

而另外一個跟冰如劍的連結應該就是籃球與Kobe了吧，我們都是創作人，而創作是孤獨的，需要跟寂寞獨處的，對應到Kobe的曼巴精神（自幹）應該或多或少有點關聯吧？哈哈說笑的，我覺得是因為很多有成就的人都會有他堅持的點，Kobe是這樣，我跟冰如劍也是，那是屬於我們的領域，很多是無法妥協的，希望大家能夠接受一下我們的堅持（龜毛），也希望你們能夠細細品嚐每個創作人死了很多腦細胞跟無數個夜晚所產出來的孩子，裡面有很多很多我們對於這個世界的投射，等著你們來挖掘。

最後，還是要推薦一下，這部《最後一擊》是少數用籃球當作題材的小說，看著《最後一擊》，會讓我想到《灌籃高手》，仔細品嚐後，絕對會讓你有想要換上球鞋出去熱血一下的衝動，我發自內心地推薦這本小說給大家，也恭喜冰如劍，相信你未來會帶給我們更多更棒的作品，加油！

作者序

冰如劍

這是一部關於夢想與籃球的小說，除了鼓勵大家勇敢追夢，更多的是關於為自己的選擇負責，為自己的目標負責。

你想要完成夢想，就需要努力付出，甚至是做出犧牲，某些程度上，有點像是我自己追求作家夢的過程。

為了成為作家，我壓縮了生活品質，犧牲休閒娛樂活動，將所有的精神與靈魂投注在寫作上。如同故事中的各個角色一樣，為了實現夢想，當別人出門逛街、看電影時，他們選擇在籃球場上奔跑流汗，忍受著艱苦的訓練，就為了能夠在比賽中大放異彩。

所以比起追夢，我覺得這更像是一部「為自己的選擇負責」的小說，另一方面，也是在延續著我曾經純真的籃球夢。

我國中開始愛上籃球，因為深愛著湖人隊傳奇球星 Kobe Bryant，甚至夢想著到 NBA 這個籃球最高殿堂跟他交手，親身體驗他的實力到底有多強。

為了達到這個目標，每天晚上我總是騎著腳踏車到附近的球場，獨自練習投籃。有一段時間，即使寒流來襲，氣溫十度以下，我還是堅持著沒有放棄。

令人難過的是，我所付出的努力其實遠遠不足以幫助我到達 NBA，加上一些現實的因素，所以我的籃球夢，被家人狠狠地摧毀了。雖然早就猜想到自己這輩子都不可能走到那個地方，心裡還是不免有缺憾。

後來我遇上了寫作，才發現我對於文字的熱愛更甚於籃球，於是在某一天，我決定利用文字來彌補當時的那份遺憾，也因此有了《最後一擊》的誕生。

有人認為，作家會將自己投射在作品上面，在《最後一擊》裡，確實就是如此。不管是對於籃球或者人生，我都投注了自己的價值觀，我也把很多的「我」加進裡頭，將我認為籃球最精彩、最刺激、最吸引人的地方，毫無保留地放進去。

同時，我也放進了「選擇」，因為成為一個作家，正是一個非常自私、任性且固執的選擇。當我下定決心，轉身背對著眾人對我的期望，倔強地選擇往作家路前進時，我就告訴自己，要為了這個選擇負責，要為了自己想要到達的那個地方，付出更多倍的努力。

寫作跟籃球，感覺起來像是兩個完全不同的領域，可是有一個地方我認為是共通的，那就是即使付出再大的努力，最後都有可能是一場空。

籃球員只要經歷一次受傷，可能就會讓過往所有的努力白費，就像故事中的李明正一樣，即使如此，李明正卻沒有任何後悔或遺憾。

正如我一直告訴自己的，不管我的作家路走得如何，我最大的收獲，是我的人生將不會對此有任何遺憾。

曾經我的夢想被狠狠地摧毀，而這一次，我決定用最大的努力去守護著它，即使跌得再痛，我也甘之如飴。

或許，這就是專屬於追夢者的浪漫吧。

這是一部我發自內心寫出來的小說，我感動了自己，希望也能夠感動翻閱這本書的每一個你。

第一章

「小姐，比賽七點開始，現在才六點，不如我們先到附近買一些東西吃，妳看怎麼樣？」

謝娜微微點頭，「好。」

福伯露出一抹曖昧的笑容，「小姐應該是太過期待這場比賽，所以才這麼著急，對吧。」

謝娜輕咬下唇，暗罵自己是白痴。

今天放學福伯來接謝娜的時候，她對福伯說晚上七點光北在市區的綜合球館有比賽，雖然福伯說六點出發一定來得及，可以先回家吃飯，但謝娜就是止不住的擔心，怕塞車、怕人很多沒位子坐、怕這樣怕那樣，回家換上便服之後，就急急忙忙地下樓，催促福伯趕快出發。

結果抵達球館，福伯停好車，距離比賽開始還有一個小時的時間。

「小姐想吃什麼？」福伯帶謝娜過馬路，來到球館附近，苦瓜常過來買飲料與便當的小商圈。

眼前琳瑯滿目的招牌，越式料理、炒飯、炒麵、快餐便當、港式燒臘、張記滷肉飯……等等，謝娜抬頭看了看，「我想要吃滷肉飯。」

福伯順著謝娜的目光，看到前面一家專賣滷肉飯的小吃店，雖然看上去就是一般的小吃店，光線昏黃，給人年久失修的感覺，但卻有不少人在門口排隊。

福伯皺起眉頭，店家的環境讓他有些擔憂，「小姐，那家感覺不太衛生，不如我們去吃別間吧？」

謝娜卻搖頭，「沒關係，吃那間就好。」

見謝娜堅持，福伯心想偶爾換換口味也不錯，於是就帶著謝娜到小吃店外排隊。

由於正值吃飯時間，所以排隊的人不少。福伯跟謝娜兩個人，在老闆的安排之下，跟另外一組也是兩個人的客人併桌坐在四人桌。

福伯看著菜單，問：「小姐，妳想要吃什麼？」

謝娜很快回答：「滷肉飯加滷蛋。」

「要不要配一碗湯，這樣比較清爽。」

謝娜看向掛在牆壁上手寫的菜單，很快決定，「貢丸湯。」

「好，小姐妳稍等一下。」

福伯拿著菜單，起身到櫃檯點餐。見福伯離開，與謝娜坐在同桌的中年男子馬上問：「妹妹，妳今年幾歲？是高中生嗎？」

謝娜看了中年男子還有坐在他身旁穿著制服的高中生一眼，輕輕點了頭。

「妳讀哪一間高中，有沒有男朋友？我兒子今年讀高二，成績非常好，未來的成就一定不得了，你們要不要互相認識一下？」

謝娜有點嚇到，愣了一下，看向在櫃檯等待點餐的福伯一眼，鎮定地說：「對不起，我有男朋友了。」

當謝娜說這話的時候，心裡不自覺地浮現李光耀的身影，臉上也不禁浮上害羞的紅雲。同桌的高中生看到謝娜害羞的模樣，眼睛差點掉了下來。

福伯點好餐回來，坐在謝娜旁邊，「小姐，老闆娘說他們家的滷味很好吃，所以我多挾了一點滷味。」

謝娜微微點頭，福伯發現謝娜神情不對，以為謝娜又在擔心會趕不上球賽，馬上安撫道：「小姐，不用擔心，現在才六點十五分，絕對趕得上球賽，看得到李光耀。」

謝娜一聽臉色更紅，而中年男子本來還想開口說話，得知謝娜真的有男朋友，加上福伯在旁邊，便閉上嘴，沒再繼續剛剛讓雙方認識的話題。

「兩碗滷肉飯。」小吃店的上菜速度很快，福伯屁股還沒有坐熱，工讀生就把滷肉飯送過來。

謝娜與福伯捧起碗，吃了一口，頓時被那股又甜又鹹又香的奇妙肉汁征服，兩人對看一眼，福伯不禁說：「小姐，妳真有眼光，這間滷肉飯不得了，這飯又香又Q，跟這個肉汁根本是完美的搭配，太好吃了。」

「滷味。」工讀生這時送上了老闆娘推薦的滷味，兩人吃得大呼過癮。

謝娜從小就被教導「吃相要優雅」，平時吃飯的速度很慢，可是在滷肉飯與滷味面前，謝娜早就把這些用餐禮儀全部拋在腦後，跟福伯合作，火速將眼前美食全數消滅。

「餛飩湯、貢丸湯。」吃完略微油膩的滷肉飯與滷味，工讀生送上了湯品，謝娜正好可以喝湯解膩。福伯難得見到謝娜食慾這麼好，把所有的食物吃的一乾二淨，心裡也十分開心。

兩人吃飽時已經超過六點半，福伯付了錢，趕緊帶著謝娜過了馬路，走進球館。

一推開球館的門，吆喝聲與拍球聲隨即傳來。兩人按照天花板上的指標很快找到籃球場，看到光北與忠明都已經在球場兩邊練習，場上緊繃的氣氛讓謝娜感到緊張與興奮。

謝娜開心地在觀眾席上選了視野最好的位置坐下，著急地在光北隊之中找尋李光耀的身影。

看著謝娜臉上的表情，福伯心想，小姐自從「那件事」發生之後，已經好久沒有露出這麼發自內心的笑容了，鼓勵小姐接受李光耀果然是對的決定。

「苦瓜哥，怎麼辦，我們的位子被占走了。」這時，剛抵達籃球場的蕭崇瑜看著謝娜與福伯，微微皺起眉頭。

「沒關係，我們到對面去。」

謝娜感覺到蕭崇瑜的目光，又見他揹著兩個大背包，心想自己坐過去一點也可以，開口問道：「你們要坐這裡嗎？我可以坐到旁邊。」

蕭崇瑜看了擁有天使臉孔的謝娜一眼，用詢問的眼神看向身旁的苦瓜，「苦瓜哥？」

苦瓜知道比賽快開始了，便說：「就在這吧，你趕快把東西弄好。」

「是，苦瓜哥。」

蕭崇瑜對謝娜點頭表示感謝，迅速且小心地將身上的後背包放在地上，拿出腳架，架上錄影機，接著拿出單眼相機，開始拍攝正在熱身的球員。

謝娜看到蕭崇瑜的裝備，微微吃了一驚，「叔叔，你們……好厲害。」

蕭崇瑜看向謝娜，暫時放下手中的相機，從皮夾中拿出名片，「我們不厲害，只是在做應該做的事情而已。」

謝娜接過蕭崇瑜遞來的名片，看著上頭的職稱說：「《籃球時刻》雜誌社的編輯助理，好厲害！」

蕭崇瑜微微搖頭，指了指坐在座位上的苦瓜，「我不厲害，他才是真正厲害的人，還是超級資深的籃球迷，尤其對光北高中情有獨鍾。」

苦瓜睨了蕭崇瑜一眼，嚴肅地說：「少說話，多做事。」

蕭崇瑜舉起手向苦瓜敬禮，「是，苦瓜哥！」

謝娜大眼看向苦瓜，「叔叔，你喜歡光北高中？」

苦瓜看了謝娜一眼，輕輕嗯了一聲，隨即把注意力放在球場上。

「為什麼？」

苦瓜看向福伯，心想你這個當爸爸的，不是應該教女兒不能隨便跟陌生人說話嗎？

——尤其你女兒還長得這麼美。

不過想歸想，苦瓜依然回答：「因為光北的李明正教練。」

聽到苦瓜的答案，謝娜驚訝地問：「因為李光耀的爸爸？」

苦瓜揚起眉頭，「妳知道李光耀？妳是光北的學生？」

蕭崇瑜則在一旁附和道：「我們之前有到你們學校採訪呢。」

謝娜點頭說：「我是光北的學生。」又繼續問了一次：「叔叔你為什麼會喜歡李光耀的爸爸？」

苦瓜一臉無奈，謝娜打破砂鍋一定要問到底的精神，讓苦瓜感覺像是遇到另一個蕭崇瑜。

「因為他讓我見識到史上最精彩的球賽。」

嗶的一聲，場上傳來尖銳的哨音，裁判用手勢示意兩邊球員上場，而光北隊傳來大喊聲。

「光北！」

「加油！」

「光北、光北！」

「加油、加油！」

「光北、光北、光北！」

「捨我其誰！！！」

兩邊的先發球員昂首闊步地走上場。

謝娜興奮地跑到欄杆前，想要從光北的先發五人中找尋李光耀的身影，但是最後卻發現李光耀坐在板凳區，滿臉失望地坐回椅子上。

福伯問：「小姐，怎麼了？」

「李光耀沒有上場。」

苦瓜看了謝娜一眼，心想原來這個小妮子是過來看李光耀打球的。

苦瓜淡淡地解釋道：「光北隊參加比賽至今，李光耀都沒有先發上場過。李明正也會限制他的上場時間，基本上，妳一場比賽最多只能看到他上場十五分鐘而已。」

謝娜不解地問：「為什麼，是李光耀太弱了嗎？」

蕭崇瑜噗哧一聲笑了出來，「弱這個形容詞，絕對不是拿來形容李光耀的，尤其是他在打籃球的時候。」

謝娜聽完更疑惑了，「那是為什麼？我不懂。」

苦瓜說：「李明正的想法很難預測，但我猜他是以團隊的默契為考量，才會限制李光耀的上場時間跟出手次數，如果讓李光耀在乙級聯賽就展現出超人的能力，那麼球隊的成長將會被壓縮。」

聽了苦瓜的解釋，謝娜半知半解地說：「原來是這樣。」

在謝娜與苦瓜在觀眾席上談話時，比賽開始了。

裁判站在中場的圓圈裡，把手上那顆橘紅色的球往上高高一抛，麥克看準時機奮力往上一跳，展現出驚人的彈跳力，搶在忠明的中鋒之前把球往前拍。

麥克把球拍得很遠，包大偉發揮苦練出來的速度，奮力往前場衝，想要完成一次快攻，但是忠明不愧是一支以防守過關斬將的球隊，回防的速度快得嚇人，當包大偉追到球的時候，腳程最快的得分後衛已經站在禁區等他。

包大偉看得分後衛的體型比自己稍大一些，果斷地放棄挑戰籃框的意圖，慢下腳步，把球傳給詹傑成。

詹傑成在左側三分線外接到球，大喊：「穩下來，按照賽前講的打一波！」

話一說完，詹傑成把球傳給上中的楊真毅，楊真毅順利接到球，不過防守他的小前鋒很快黏了上來。

楊真毅背對籃框，靠在小前鋒的身上，忽然轉身往禁區切，一個運球之後拔起來，眼睛瞄籃。

小前鋒的反應很快，整個人幾乎是立刻就撲了上去，就在這瞬間，楊真毅在空中把球塞給了魏逸凡。

魏逸凡在禁區接到球，直接小抛投出手，擦板進球，為光北隊率先取得兩分。

比數，二比零。

「哇！」謝娜見到光北進球，眼睛一亮，不禁拍手，卻發現旁邊的苦瓜跟蕭崇瑜都沒什麼反應。謝娜突然覺得自己大驚小怪，不禁害羞地放下手，臉色微微一紅。

場上，忠明中鋒拿球踏出底線外，準備發球進場，但是光北突然的全場壓迫性防守，讓他一時不知所措。

忠明畢竟是一支打進八強的球隊，並沒有因此慌亂，見到控球後衛與得分後衛被守死，沒有接球的機會，小前鋒馬上跑到後場接應。

中鋒才在擔心發球五秒違例（註一），見小前鋒跑過來，立刻把球傳過去。

小前鋒接到球，靠在中場的楊真毅身上，強硬地把球帶過半場。

全場壓迫性防守失敗，光北的球員很快退回後場，擺出二三區域防守。

忠明小前鋒等到隊友全數到了前場之後，把球交給控球後衛，控球後衛高舉右手比出戰術暗號，忠明全隊動了起來，按照平常練習的方式跑位。

在楊信哲所蒐集到的數據與資料顯示，忠明的進攻能力並不強，不管是兩分球、三分球、罰球的命中率與出手數都是現在乙級聯賽八強中的末座。

就算有空檔的投籃機會，只要出手地點是距離籃框五公尺以外的地方，命中率就會大幅下降到僅僅只有兩成五。

於是李明正就針對這一點做出縮小防守圈的戰術設計，不要去管忠明的跑位，就算外圍的人有大空檔，也不要隨意補防，主要防守籃框周圍五公尺的地方即可。

然而，今天的忠明似乎告訴楊信哲，資料與數據雖然可以當作參考，但是球賽的勝負可不是光靠此就可以決定的。

得分後衛利用大前鋒的單擋掩護在右側三分線找到空檔，因為李明正的戰術設計，本來來得及上前防守的包大偉選擇留在罰球線的位置。

得分後衛接到球就果決地出手，球在空中劃過彩虹般的軌跡，唰，空心進網。

三分球進，比數二比三，忠明領先一分。

場邊的吳定華皺起眉頭，這跟楊信哲的資料不符，不過李明正依然不為所動，不因一顆三分球動搖。

場上，麥克底線發球給詹傑成。

詹傑成快步過了半場，沒有把球傳出去，甚至沒有指揮隊友跑位，出乎所有人意料之外地在三分線外拔起來出手。

詹傑成出手的力道過大，球落在籃框後方高高彈起，不過詹傑成會這麼突然地出手當然有他的考量，而這個考量就是，麥克驚人的搶籃板能力。

今天早上練球的時候，楊信哲說忠明是一支不會得分也不太會搶籃板的球隊，贏球的方法是用堅強的防守壓制對手的進攻。

身為球場上的指揮官，詹傑成自覺光北與忠明相反，是一支用強大的進攻輾壓對手的球隊。

詹傑成認為，贏得這場比賽的關鍵，正是做好光北最擅長的兩件事——第一，禁區攻勢；第二，籃板球。

場上忠明最高的中鋒雖然有一百九十三公分高，可是不管活動力、彈跳力、反應力，麥克都遠遠超越他，詹傑成對麥克有絕對信心可以搶下進攻籃板。

麥克沒有辜負詹傑成心中對他的期待，在眾人之中高高躍起，大手抓下籃板球，落地之後直接再跳起來，雙手把球小心翼翼地放進籃框。

麥克深怕自己這樣還投不進，放球時太過小心，手指瞬間抖了一下，讓球出現了側旋的情形，落在籃框上轉了好幾圈，不過最後還是落入籃框之中，讓麥克鬆了一口氣。

比數，四比三。

觀眾席上，補捉到麥克得分英姿的蕭崇瑜，放下手中的相機，「苦瓜哥，不知道是不是我的錯覺，我怎麼覺得麥克搶籃板球的能力比以前更強，跳的也比以前更高了。」

苦瓜搖頭，「這不是你的錯覺，麥克一直都有在進步，在籃板球這方面，麥克已經成為光北隊不可或缺的禁區大個了。」

聽著蕭崇瑜與苦瓜之間的談話，謝娜很難把籃球場上的麥克，與平常不敢面對別人目光，總是躲在李光耀身後的麥克連結起來。

場上，在麥克順利得分之後，光北隊繼續執行全場壓迫性防守。

這一次，控球後衛雖然接到中鋒的底線發球，不過馬上就面對詹傑成與包大偉的包夾，在混亂之中勉強把球交給得分後衛，後者接到球就想要過前場，不過楊真毅直接從中線的位置殺過來擋住他，而且包大偉很快從後面包夾。

得分後衛試著把球一口氣傳到前場，但是楊真毅與包大偉不斷干擾他，讓他別無辦法，只能把球往後傳給控球後衛。

控球後衛接到球，詹傑成的防守隨即黏了上來，包大偉也放下得分後衛，積極地衝向控球後衛。

控球後衛往邊線切想要擺脫詹傑成的防守，卻反而被詹傑成與包大偉聯合鎖在邊線，無法突破。

得分後衛、小前鋒、大前鋒都上前想要接應，但當控球後衛跳起來把球傳給小前鋒的瞬間，魏逸凡動了。

魏逸凡眼明手快地把這一球抄下來，一個人往籃下衝，面對中鋒的防守，毫不畏懼地挑戰籃框。

中鋒見到魏逸凡衝上來，心裡出現了一絲怯意，身體往後退，讓魏逸凡完成簡單的上籃。

比數，六比三。

魏逸凡得分之後，很快退到中線的位置，在中場支援球隊的全場壓迫性防守。

忠明的小前鋒擔心球隊會被光北的全場壓迫性防守搞垮，留在後場，分擔控球後衛與得分後衛的重擔。

中鋒底線發球給控球後衛後，馬上上前幫他單擋掩護，讓他可以利用自己的掩護突破詹傑成的防守。

這一次，控球後衛利用中鋒與小前鋒接連的單擋掩護突破光北的防守，順利把球帶到前場。

控球後衛把球推進到前場的瞬間，光北五人很快退到三分線後，擺出二三區域聯防。

一過半場，忠明控球後衛馬上指揮隊友跑位，而這一次小前鋒在左側底角出現空檔機會，控球後衛立刻把球交給小前鋒。

小前鋒接到球，因為李明正制訂的防守策略，楊真毅也選擇讓小前鋒出手投籃，而不是撲上去封阻。

小前鋒沒有放過這次機會，直接拔起來跳投。

看到小前鋒出手的感覺，楊真毅心裡閃過一絲不妙的感覺，而這個感覺很快成真。

唰！

小前鋒三分球進，幫助忠明扳平比數，第一節開始一分半鐘，雙方戰成平手，比數，六比六。

第一節比賽結束前的最後一波攻勢，忠明再次在三分線外找尋到機會，小前鋒接到球，面前沒有任何人防守，馬上跳投出手。

唰！

小前鋒三分球進，包含這一球在內，這是忠明在第一節所投進的第三顆三分球，不過也是忠明第一節的所有得分。

在光北縮小防守圈的策略之下，忠明不管是切入或者中距離跳投，不是被光北封下來，就是幫麥克增加籃板球的數據。

進攻一向不是忠明的強項，防守才是，忠明團隊默契非常好，防守輪轉速度是光北至今所有對手中最快的。

在忠明的防守壓迫之下，光北的進攻沒有打出以往的水準，楊真毅與魏逸凡的兩人小組連線被干擾，無法發揮出禁區的宰制力，不過兩人依靠個人單打能力，魏逸凡拿下六分，楊真毅拿下四分，光是兩個人拿到的分數就比忠明還要多。

除了魏逸凡與楊真毅之外，麥克也有亮眼的表現，第一節搶下了兩顆進攻籃板，而且搶下進攻籃板之後，馬上幫光北貢獻了四分。

撇除禁區三人的得分，包大偉在全場壓迫性防守的情況下抄到兩次球，抄球後直接一條龍上籃得手，也替光北拿下四分。

此時，叭聲響起，第一節比賽結束，光北的得分是忠明的兩倍，比數十八比九。

「苦瓜哥，忠明的防守真的滿強的，好幾次都把魏逸凡跟楊真毅逼到差點發生失誤。」蕭崇瑜放下手中的相機，與苦瓜討論起第一節的比賽內容。

「嗯，他們的防守意識真的不錯。」苦瓜簡單地評論。

「可是進攻也……」蕭崇瑜努力想出一個比較適合且委婉的形容詞，「太不擅長了一點。」

苦瓜就沒那麼客氣，冷哼一聲，「什麼不擅長，根本是爛透了，如果不是撿到那三顆三分球，忠明第一節根本沒辦法得分。」

謝娜聽著兩人的評論，忍不住開口，「那個……光北，應該可以贏，對吧？」

蕭崇瑜回答：「照這種情況看起來，光北要晉級四強應該是沒有問題。不過球是圓的，在球場上誰都不知道下一秒會發生什麼事，如果光北太輕敵的話，也是有可能大意失荊州。」

苦瓜哥說：「光北要輸很難，李明正針對忠明的弱點制訂的防守策略到目前為止成效很不錯，忠明如果不想點辦法的話，這場比賽贏球的可能性根本是零。」

謝娜聽苦瓜提起李明正，好奇地問：「叔叔，你說的防守策略是什麼東西？」

苦瓜瞄了謝娜一眼，心想這小妮子怎麼跟蕭崇瑜一樣喜歡問東問西的，真是煩人。

蕭崇瑜看出苦瓜臉上的不耐，心裡暗自偷笑，可是卻不打算幫苦瓜解圍。

「叔叔？」

苦瓜看著謝娜那一雙水汪汪的深棕色眼眸，嘖了一聲，「忠明的進攻能力很弱，尤其外線投射更是他們的罩門，所以光北在防守的時候，重點放在忠明的切入跟中距離跳投，三分線外則是放任忠明愛怎麼投就怎麼投。」

謝娜問：「如果被投進怎麼辦？」

「被投進就被投進，數據呈現出來的就是忠明在那個範圍的命中率最差，而且目前光北處於領先，代表李明正這個防守策略是成功的。」

謝娜有些聽懂，給了苦瓜一個大大的笑容，「哦，原來如此，叔叔好厲害，剛剛我只看到他們在場上跑來跑去，聽叔叔解釋之後，我好像有點看懂了。」

這時，福伯拍拍謝娜的肩膀，「小姐，比賽開始了，李光耀上場了。」

謝娜往球場一看，果真見到李光耀身穿二十四號球衣走上場，在謝娜眼裡，此時的李光耀正發著光。

見到謝娜期待的模樣，福伯對著場上大喊：「李光耀！」

李光耀聽到福伯的聲音，抬頭往上一看，見到謝娜身影，興奮地說：「妳來了！」

謝娜覺得自己沒辦法發出像福伯與李光耀這樣宏亮的聲音，紅著臉，對著李光耀揮揮手。

李光耀整個人亢奮起來，對著謝娜大喊：「我會表現給妳看的！」

謝娜點頭，深棕色長髮像是波浪般起伏。

忠明的球員看到謝娜，差點就傻愣愣地張開嘴巴，心裡對李光耀的羨慕已經不是言語可以形容，尤其他還只是一名替補球員而已。

球場上因為謝娜出現了美麗的插曲，不過裁判的哨音很快把眾人拉回現實。

第二節比賽，第一波球權掌握在忠明手中。

忠明第二節上場球員有小幅度的更動，禁區的先發鋒線第一節依然留在場上，兩名後衛則換上替補球員。

光北方面，詹傑成與包大偉下場休息，上場的是李光耀與王忠軍。內線部分，麥克下，高偉柏上。

裁判輕吹哨音，把球交給底線外的忠明中鋒。

光北依然貫徹全場壓迫性防守的戰術，讓中鋒一時間找不到傳球的對象，最後控球後衛擺脫王忠軍的防守，順利接到中鋒的底線發球。

控球後衛一拿到球，王忠軍立刻黏了上來，李光耀也趕緊跑過來想要包夾。

控球後衛運球突破王忠軍，心中有了自信，想要一鼓作氣擺脫李光耀。

然而，李光耀的防守之強，並不是控球後衛可以應付的，更別說謝娜還在現場，李光耀更想力求表現。

李光耀擋下控球後衛的切入，左手往前一拍，把控球後衛的球給撥掉，而且球正好滾向王忠軍的方向。

控球後衛回頭一看，連忙貼上王忠軍，為了彌補自己失誤，也試圖抄球。

在控球後衛的防守之下，王忠軍不敢隨意下球，李光耀這時用力拍手，對王忠軍大喊：「把球給我！」

王忠軍在走步前用很扭曲的姿勢把球傳了出去，李光耀接到球就往禁區切，面對得分後衛的防守，一個轉身就把他甩在身後，收球，往前用力踏兩步，力道大到地板傳來了咚、咚兩聲，隨後整個人高高跳了起來。

忠明中鋒見到李光耀飛起來，不敢輕舉妄動，舉高雙手，而李光耀似乎沒有把中鋒的防守放在眼裡，整個人騎上去，右手把球往後一拉，用力地往籃框塞。

砰！

巨響傳來，籃球架止不住地晃動，中鋒被李光耀撞得連連後退幾步。落地後，李光耀看向謝娜，右眼對她眨了一下。

苦瓜看到李光耀的舉動，知道這個混血兒小妮子完蛋了，說道：「這種把妹的招式也太老套了。」

蕭崇瑜偷偷瞄了謝娜臉上的表情，「可是很有效，非常有效。」

李光耀灌籃得手，幫助光北把差距拉開到兩位數，比數二十比九。

這一次大灌籃把光北的氣勢提升起來，尤其是把李光耀當成競爭對象的高偉柏，更是不想讓李光耀專美於前。

高偉柏高舉雙手，對球隊大喊：「防守，在這一節比賽裡，連一分都不要給忠明！」

光北氣勢之強，震懾了忠明。

中鋒底線發球給控球後衛，後者把王忠軍當作突破口，把球帶到前場時，高偉柏突然大喊：「大家不要退，一對一盯防！」

高偉柏話一說完，場上光北五人馬上動了起來，李光耀黏上控球後衛，精湛的防守能力讓控球後衛左支右絀。

忠明的總教練看了一陣子，發現控球後衛擺脫不了李光耀，連忙在場邊大喊：「快去接應！」又發現進攻時間快到，再喊：「傳球，時間快到了！」

這時，得分後衛擺脫王忠軍的防守，前去接應，控球後衛連忙把球傳過去。

得分後衛知道王忠軍防守腳步慢，一接到球就果斷切入，過了王忠軍的防守，從右邊側翼殺進禁區，不過在他收球準備上籃時，高偉柏卻從旁邊飛撲過來，賞給他一個大火鍋。

「想得分，門都沒有！」高偉柏大吼一聲，看到魏逸凡撿到球，馬上邁開腳步往前場衝。

魏逸凡接到球，立刻傳給場上運球能力最好的李光耀。

李光耀大喊：「往前衝！」

高偉柏、魏逸凡、楊真毅全速奔跑，很快衝過中線，忠明總教練焦急地在場邊大喊：「回防，快回防！」

見到李、高、魏、楊四人衝過來，忠明五名球員嚇得連忙往後沉退，不過就在這個時候，李光耀冷靜地把球傳給左側三分線外的王忠軍。

王忠軍接到球，面前就是個大空檔的投籃機會，拿球拔起來，眼睛看著遠處的籃框，球一出手，王忠軍立刻閉上雙眼。

下個瞬間，來自天堂的救贖之音響起——

唰！

王忠軍三分球進，幫助光北再把差距拉開，比數二十三比九。

「苦瓜哥，李明正算是很寬容的教練，對不對？」蕭崇瑜問。

苦瓜揚起眉頭，「怎麼說？」

「因為剛剛高偉柏突然要球隊一對一盯防，李明正卻沒有反對，甚至就只是站在旁邊看而已。之前李光耀也有類似的行為，所以我覺得李明正是個很寬容的教練。」

苦瓜淡淡地說：「這跟李明正寬不寬容是兩回事。」

蕭崇瑜疑惑道：「為什麼？」

「正確的說法，應該是李明正信任自己的球員，他相信場上的球員有足夠的自主性與判斷力，可以做出最符合現況的決定，不過這也是我們兩個人浪漫的想法，說不定李明正在比賽之前就跟球員說可以視情況擺出一對一盯防。」

蕭崇瑜點頭，贊同道：「也是。」

聽到苦瓜與蕭崇瑜在談論李明正與光北，謝娜又問：「叔叔，我有一個問題。」

蕭崇瑜立刻轉過頭，熱情地回應：「什麼問題？」

苦瓜則是在心裡碎唸，這小妮子的問題真是有夠多，真是煩人。

謝娜眼光注視著苦瓜，「叔叔，你剛剛有說，你是因為李光耀的爸爸才會注意到光北，可以跟我說是看了他哪一場球賽嗎？我不知道李光耀的爸爸會打球，想要多了解一下。」

蕭崇瑜眼睛一亮，那段如同神話般的故事他自己也想要再聽一次，拍拍胸脯，「那有什麼問題，對不對，苦瓜哥？」

苦瓜卻直接對兩人澆了一桶冷水，「有什麼好說的，拍你的照，看妳的李光耀。」

謝娜噘起嘴，默默地說：「人家也只是想知道李光耀爸爸的事而已。」

看到謝娜落寞的表情，還有明明就像在喃喃自語，音量卻大到足已讓他聽到的話語，苦瓜嘖了一聲。

苦瓜撂下一句，「煩死了。」卻開始說：「那是我人生看的第一場球賽，在那一場球賽發生的事，只能用兩個字來形容——奇蹟。」

苦瓜見到謝娜滿臉興奮，心裡大嘆，我不是來這裡工作的嗎？現在竟然在應付一個小妮子。

「啟南高中，足足稱霸台灣高中籃壇三十年的學校，在這三十年當中的某一年，他們橫掃甲級聯賽，奪冠之路平均勝分是極為可怕的二十點三分，這個紀錄就連啟南高中自己都沒辦法突破，那一年的啟南被喻為是『史上最強的啟南』。不過大家不知道的是，隔年啟南的陣容更加可怕，原先的主力陣容從高二升上高三，打法變得更成熟，還有一個天才控球後衛王思齊，他們有信心可以把二十點三分這個可怕的紀錄往上推。

「在甲級聯賽的第一場比賽，啟南面對的對手是第一次打進甲級聯賽，默默無聞的光北高中。」

聽到熟悉的名字，謝娜驚呼一聲，「光北之前有籃球隊！？」苦瓜斜眼睨了謝娜一眼，謝娜吐吐舌頭，雙手蓋住嘴巴，表示自己絕對不會再打斷他說話。

「啟南原先以為光北是一支不需要派出先發就可以輕鬆對付的球隊，第一節比賽派出了全板凳陣容。結果光北高中沒有因為第一場比賽就面對王者啟南而感到害怕，反而展現初生之犢不畏虎的氣勢，發揮出強大的三分炮火，第一節結束竟然領先了啟南整整十分。

「不過落後十分對於王者啟南根本不是太大的差距，第二節一開始，啟南派出了先發球員，短短五分鐘就把光北打得潰不成軍，一口氣逆轉比分。就在這個時候，前十五分鐘沒有表現的八號李明正，竟然出乎眾人預料地跳出來接管球賽，即使是啟南都沒有球員守得住李明正，就像現在的李光耀一樣。」

聽到苦瓜的話，謝娜與蕭崇瑜把目光轉移到籃球場上，看到李光耀運球切入，接連突破了控球後衛與得分後衛的防守，收球上籃，吸引大前鋒與中鋒的補防，在空中小球塞給魏逸凡，讓魏逸凡輕鬆地在籃下打板取分。

「當然，啟南也不是省油的燈，雖然守不住李明正，但是他們的進攻光北也擋不住，比賽就這樣你來我往，一邊是光北的李明正殺進殺出，一邊是啟南發揮出強大的團隊戰力，蹂躪光北的防守。

「兩支球隊一直纏鬥到比賽的最後一秒鐘才分出勝負。」苦瓜說：「在最後兩分鐘，兩隊頂住壓力，接連在關鍵時刻把球投進，我當時看到手心都冒汗，那一場比賽完全超過高中生的水準。而在比賽的最後二十秒，啟南還領先一分且保有球權，眼看時間一秒一秒流逝，當大家覺得啟南最終還是要贏得這場比賽時，李明正從啟南的王牌王思齊手中抄到球，在比賽結束的哨聲響起之前灌籃，帶領光北高中逆轉，擊敗啟南高中。」

苦瓜話一說完，場上傳來了尖銳的哨音。

「忠明，暫停！」

蕭崇瑜這時看了場上的情勢，驚訝地說：「苦瓜哥，光北把比數拉開到二十分以上了，三十比九。」

註一：踏出場外發球時，如果超過五秒鐘沒有傳球，便為五秒違例，球權轉換。

第二章

第二節比賽結束，忠明在進攻上沒有任何起色，命中率奇差無比，在第一節的三顆三分球之後，第二節十分鐘裡就沒有再從三分線外得分，除了幾次零星的中距離跳投得手之外，不管是切入籃下或者五公尺外的長程炮火，不是被擋下來就是投不進。

反觀光北，在李光耀的大灌籃之後氣勢大漲，內線的高偉柏與魏逸凡也被李光耀激起鬥志，不斷摧殘忠明的防守。

即使忠明教練在一旁下達縮小防守圈的指示，但外圍卻還有個王忠軍，個人單節三分球五投三中，讓忠明的防守忙的暈頭轉向，更別說還有切入破壞力驚人，今天打球打的特別「積極」的李光耀。

整個第二節，光北打出一波三十比六的攻勢，一口氣把比分給拉開，中場比數四十八比十五，領先足足有三十三分之多。

帶著三十三分的領先優勢進入下半場，李明正在第三節一開始派出了之前從未嘗試過的球員組合，後場由王忠軍、詹傑成、包大偉聯手，禁區鋒線則是麥克搭配楊真毅。

「苦瓜哥，這個球員組合，讓我看不太懂李明正在想什麼。」蕭崇瑜看著場上光北的球員，露出疑惑的表情。

剛抽完菸回來的苦瓜摸摸下巴，揣摩不到李明正的心思，敷衍地說：「第三節比賽都還沒開始打，說不定一開打你就懂了。」

場上，詹傑成接過包大偉的底線發球，快步運球過半場。

因為落後的分數足足有三十三分，現在又是比賽中最關鍵的第三節，忠明一開節就展現出追分的企圖心，防守態度更加積極，而且光北的陣容比起一、二節矮小，尤其詹傑成、包大偉、王忠軍都缺乏切入突破能力，讓忠明更能肆無忌憚地擴大防守圈。

詹傑成指揮隊友走位，同時小心不被控球後衛抄球，當李明正在中場休息時間宣布第三節上場陣容的時候，他愣了一下，因為他覺得這是李明正在考驗他的組織能力。

包大偉沒有運球突破能力，王忠軍也沒有，詹傑成自己更沒有這方面的自信，內線的麥克很會搶籃板球，可是禁區的進攻腳步根本不行，現在場上擁有單兵作戰能力的就只有楊真毅，可是忠明必定會將防守集中在楊真毅身上。

詹傑成想不出該把球交給誰，因為不管交給誰都不太對。

「詹傑成運球也運太久了。」蕭崇瑜說：「真不像平常的他。」

苦瓜沒有說話，默默地觀察詹傑成，想要看詹傑成在這種情況之下會怎麼處理球。

詹傑成在三分線外兩步的地方徘徊，不斷指揮隊友跑位，可是除了王忠軍與楊真毅之外，忠明對麥克與包大偉擺出一副愛理不理的態度，而且不管王忠軍跑到哪裡，附近一定會有一個忠明的球員跟著他，擺明不讓他有機會投三分，而楊真毅也都會有一至兩名忠明球員緊緊黏著。

詹傑成緊咬牙根，心想，忠明果真不愧是靠著防守過關斬將的球隊，竟然完全看穿我們的弱點。

詹傑成告訴自己要冷靜，試問自己，如果是自己的偶像，在這種情況之下會怎麼辦？

與此同時，謝雅淑在場邊大喊：「詹傑成，進攻時間快到了，你要傳球還是自己來趕快決定啊！」聽到謝雅淑的叫喊聲，加上他在心中已經得到問題的答案，詹傑成對楊真毅微微抬了下巴，兩人目光在空中交會，楊真毅邁開腳步，跑到三分線外幫詹傑成單擋掩護。

詹傑成利用掩護往左切，楊真毅牢牢地擋下控球後衛，讓詹傑成可以往心臟地帶切，不過詹傑成很快遇到小前鋒的補防，這時楊真毅轉身往禁區空手切。

詹傑成看了楊真毅一眼，小前鋒擔心詹傑成會傳球，往後退想要擋下楊真毅，但是在別人眼裡，卻好像小前鋒讓開了一條康莊大道給詹傑成一樣。

詹傑成繼續運球往禁區切，吸引大前鋒的補防，做了一個要傳球給麥克的假動作，卻地板傳球給偷偷溜進底線的包大偉。

包大偉一接到球，面前沒有人防守，結果包大偉在上籃時因為太想要拿下這兩分，放球時過於小心，出手太小力，球落在籃框前緣彈出來。

忠明的中鋒把麥克卡在後面，搶下這顆籃板球，接著發動了這場比賽第一次快攻，中鋒用力把球往前場甩，控球後衛與得分後衛往前衝。

詹傑成為了不讓忠明得分，見控球後衛拿到球，追上去，下手犯規。

尖銳的哨音響起，控球後衛聰明地收球把球往籃框拋過去，裁判指向詹傑成，「光北五十五號，拉手犯規，罰兩球！」

詹傑成不敢置信地望向裁判，「裁判，我是在他運球的時候犯規的，他沒有做出投籃動作。」

裁判對詹傑成搖頭，「已經收球了，是連續動作。」

這時，場外的謝雅淑又發出宏亮的聲音，「詹傑成，尊重裁判！」

詹傑成雖然不甘願，但也只能摸摸鼻子，舉起右手。

忠明的進攻能力很弱，罰球命中率卻相當不錯，控球後衛兩罰皆中，替忠明添上兩分，比數四十八比十七，差距三十一分。

球權轉換，詹傑成接過麥克的底線發球，快速過前場，做了驚人的舉動。

詹傑成對楊真毅與麥克示意，叫他們兩人同時上來單擋掩護。

觀眾席上的蕭崇瑜見此，皺起眉頭，「詹傑成以為他是在打 NBA 嗎?竟然把兩個禁區鋒線全都叫上來幫他掩護，而且他的切入能力沒那麼強啊。」

苦瓜在一旁沒有說話，可是心裡面也有同樣的疑惑。

場上，詹傑成利用麥克的掩護往右切，不過忠明的防守很快把他擋下來，詹傑成這時選擇把球傳給外線的王忠軍。

王忠軍一拿到球就馬上出手，不過受到忠明的防守干擾，這一球出手力道過大，球彈框而出，忠明的小前鋒、大前鋒、中鋒衝到籃底下，卡位動作紮實，把麥克跟楊真毅擠在身後，在籃下占到好位置。

忠明大前鋒搶下籃板球，馬上把球交給控球後衛，控球後衛則馬上把球往前傳給得分後衛。

得分後衛順利接到球，果斷往右切，擺脫詹傑成的防守，一股腦地往前衝，過了前場沒有等待隊友，一個人挑戰已經回防到禁區的楊真毅。

楊真毅知道忠明的進攻能力都不強，雖然得分後衛衝過來，卻不怎麼緊張，算好得分後衛的腳步，垂直起跳，雙手高舉，得分後衛與楊真毅在空中碰撞，勉強將球投出，而一道身影在後方高高飛起來，把球用力地拍向界外。

麥克即時回防，送給得分後衛一個大火鍋，不過場下光北隊的球員還來不及幫麥克歡呼，尖銳的哨聲響起。

「光北三十三號，阻擋犯規，罰兩球！」

楊真毅看向裁判，不敢相信。

「苦瓜哥，這兩次判決對光北隊似乎比較不利？」蕭崇瑜皺起眉頭，放下手中相機。

苦瓜輕輕點頭。

看著苦瓜與蕭崇瑜，謝娜頭上冒著無數個問號，「所以剛剛他們兩個這樣撞在一起，不應該吹犯規嗎？」

苦瓜嘆了一口氣，已經懶得回答謝娜。

蕭崇瑜看苦瓜不耐煩，幫忙解釋道：「在籃球規則中，防守者不能觸碰到投籃者的身體，就連出手後落地時也要給予投籃者安全落地的空間，否則會被吹判犯規，不過尺度其實是由裁判自己去衡量，如果連摸到頭髮都不行的話，整場比賽光聽哨音就飽了。不過剛剛那種情況是忠明的球員去撞楊真毅，楊真毅只是往上跳雙手舉高，手沒有任何下壓的動作，基本上並不構成犯規的條件。」

謝娜忿忿不平地說：「所以剛剛裁判的判決不公囉！？」

蕭崇瑜說：「是有點偏向忠明高中，不過可能是因為現在比數差距太大的關係，這畢竟不是職業的比賽，雙方的實力差距已經很明顯，如果讓球賽繼續走下去，忠明的球員說不定會因此受到心理創傷，裁判或許是站在保護忠明球員的立場才會這麼吹判。」

在蕭崇瑜說話的同時，得分後衛穩穩地罰進兩分，比數四十八比十九。

場上，詹傑成接到楊真毅的底線發球，快速把球推進到前場，看著隊友站好位之後，示意麥克上來幫他單擋掩護。

詹傑成利用麥克的單擋掩護過了控球後衛的防守，不過因為麥克對空手切的時機還拿捏的不是很好，幫詹傑成掩護之後竟然就直挺挺地站在原地，看著詹傑成被補防的小前鋒擋了下來。

詹傑成一被擋下來，立刻把球交給楊真毅，楊真毅在禁區的心臟地帶被中鋒與大前鋒包夾，選擇把球傳到外圍的王忠軍。

王忠軍才接到球就面對貼身防守，發現沒有出手機會，傳球給同樣在三分線外的包大偉。

包大偉快攻上籃的動作非常漂亮，可是從外圍切入卻不是他的強項，拿著球不知所措。

詹傑成感到無奈，連忙跑到包大偉身邊接球，想要重新組織一波攻勢，但是最後還是只能把球傳給楊真毅，讓他靠個人能力強打禁區。

然而，楊真毅接到球就遇到包夾，勉強用後撤步後仰跳投出手，力道卻太輕，球彈框而出，忠明的中鋒抓下籃板球，馬上傳給控球後衛。

控球後衛迅速往前推進，也不管自己的隊友有沒有跟上，包大偉試圖擋下他，讓忠明的節奏慢下來，不過當控球後衛把球傳給得分後衛之後，類似的情況再次上演。

得分後衛幾乎是不費吹灰之力就突破王忠軍的防守，最後在禁區被詹傑成拉了下來。

場邊哨音馬上響起，「光北五十五號，拉手犯規，罰兩球！」

這一次詹傑成很快舉手，沒有抱怨。

第三節開始，這即將是忠明第三次站上罰球線。

板凳區，吳定華不禁擔心地站起身來，走到李明正身旁，「明正，你看現在需不需要……」

不等吳定華把話說完，李明正就打斷，「不需要。」

見李明正眼神堅決，吳定華只能坐回椅子上觀看球賽。

李明正看著忠明的得分後衛又罰進兩顆罰球，把比數拉近到四十八比二十一，卻依然安靜地觀察球賽，就連剛剛兩次爭議性的判決都沒有對裁判表示不滿，雙手交叉放在胸前，默默地看著球員的表現。

兩球罰進之後，球權轉換，詹傑成接到麥克的底線發球，腦海中不斷思考著該如何突破目前的僵局。

「現在光北場上的陣容應該是各種組合中最弱的，沒有高偉柏、魏逸凡，更沒有李光耀，雖然忠明是一支擅長防守的球隊，但是以光北這樣的表現，如果不想個辦法提升能力的話，就算能夠突破向陽那一關，到了甲級聯賽也只有被慘電的份而已。」話一說完，苦瓜哼了一聲，站起身來，快步離開了球館。

苦瓜走出球館，點了一根菸，深深吸了一口，想不通李明正為什麼要在比賽關鍵的第三節派出這樣的陣容。

在鬱悶的情況下，苦瓜抽菸速度變很快，一根菸兩分鐘就抽完，回到球館中，發現光北陣容沒有做任何更換，皺起眉頭，「情況怎麼樣？」

蕭崇瑜說：「忠明打出一波十比零的攻勢，現在比數是四十八比二十五。」

苦瓜點頭，對蕭崇瑜說：「等一下比賽結束之後，記得問李明正為什麼會在第三節有這種陣容上的安排。」

「是，苦瓜哥。」

在整個第三節，詹傑成努力想要幫隊友找尋簡單的出手機會，不過受限於陣容的進攻能力，第三節光北進攻端打的是荒腔走板，整節只靠楊真毅勉強在禁區單打拿下了四分，詹傑成與包大偉的切入雖然吸引到裁判的哨音，卻沒辦法把握得分的機會，四罰全部落空。

防守端，光北在被打出一波十比零的攻勢之後回過神來，展現出團隊的防守默契，讓忠明沒有辦法把氣勢延續，被忠明連得十分之後，在第三節剩下的時間把忠明壓制到只得五分。

第三節結束，比數五十二比三十，光北儘管第三節打的不盡人意，但是因為一、二節的好表現，仍舊領先忠明高達二十二分。

第四節比賽一開始，忠明維持全先發陣容，縱使還落後二十二分，可是他們全隊上下相信在比賽結束的哨聲響起之前，絕對還有機會逆轉這場球賽。

忠明的球員眼中閃動著熊熊的鬥志，不過李明正在第四節派上場的球員，卻即將粉碎他們心中的希望。

光北第四節上場球員，後衛由李光耀搭配詹傑成，禁區鋒線則是楊真毅、高偉柏與魏逸凡。

比起第三節的陣容，第四節的球員攻防兩端的能力都遠遠高了不止一個台階，尤其光北在第四節繼續執行全場壓迫性防守，逼得忠明連連發生失誤，光是在這一節當中，光北全隊就有五次抄截，利用忠明失誤之後的反快攻多達十二分。

以防守聞名的忠明高中，在第四節比賽中雖然不曾放棄過，不過雙方實力的差距實在太大，尤其第三節光北被打得灰頭土臉，球員嘴巴上沒有說，心裡卻不約而同地想要加倍討回來，縱使裁判在第四節的些許判決還是偏袒忠明，但是忠明並無法光靠哨音改變比賽的結果。

第四節十分鐘，光北跟第二節一樣又得了三十分，不論是禁區的攻勢或者李光耀單兵攻擊能力，忠明都無力阻擋，多點開花的情況下，忠明徹底被淹沒。

比賽結束，最後的比數是八十二比三十五，光北大勝四十七分，晉級四強。

★

比賽結束的哨聲響起剎那，蕭崇瑜迅速收起錄影裝備與單眼相機，速度之快讓謝娜嚇了一跳。在提著背包離去之前，蕭崇瑜對謝娜揮手，「我們要下去採訪了，下場球賽見，拜拜。」

「嗯，拜拜。」謝娜對著蕭崇瑜匆忙離去的背影揮手，然後把注意力放回球場上，看到底下的球員坐在板凳區喝水休息，而李光耀的身影卻不知何時消失了。

正當謝娜心想李光耀是不是去上廁所時，旁邊傳來了他的聲音，「謝娜。」

謝娜轉過頭，看到李光耀從樓梯間跑上來，這才明白原來李光耀不是去上廁所，而是馬上跑來找自己。

謝娜臉微微一紅，害羞地不知道該怎麼辦才好，竟然像一根柱子一樣定著不動。一旁的福伯看到謝娜低著頭的模樣，雙手放在謝娜肩膀上，輕輕地把謝娜推向李光耀，「小姐，加油。」

苦瓜率先下了樓，大步走向忠明高中的總教練，遞上自己的名片，「趙總教練，你好，我是《籃球時刻》雜誌社的編輯，想請問可不可以跟你借一點時間採訪。」

趙總教練接過苦瓜的名片，看了一眼，對苦瓜露出懷疑的眼神，「《籃球時刻》，那間很有名的雜誌社？」

苦瓜說：「是，沒錯。」

或許是忠明大敗給光北，趙總教練表情非常緊繃，「貴雜誌社可真是勤勞，我以為乙級聯賽根本不會引起你們的注意，在你們眼裡應該只有冠軍賽才有報導的價值。」

苦瓜大方承認，「趙總教練你說的沒錯，但是今年比較特別，雖然賽前大家全部預測能夠拿到這張門票的是向陽高中，可是今年乙級聯賽已經出現數次跌破眼鏡的比賽，去年的亞軍輸給了立德高中，季軍則是輸給松苑。

「如果說最後一刻向陽高中被拉下馬，我一點也不會覺得意外，因此每一場比賽在我們眼裡都具有報導的價值。」

趙總教練盯著苦瓜，自嘲式地輕哼了幾聲，「原來是看上光北高中這一匹超級大黑馬，我了解了，有什麼問題就問吧。」

得到趙總教練的首肯，苦瓜拿出手機開啟錄音功能，「在之前的賽程當中，忠明都是靠著優異的防守獲勝，可是今天對抗光北時你們引以為榮的防守卻分別在第二節與第四節失效，導致這場比賽不幸落敗，請問趙總教練認為防守端出了什麼問題？」

「我們防守端沒有什麼問題，只不過我們今天遇到的對手跟前幾場比賽不太一樣而已。」

「請問是哪裡不一樣？」

趙總教練說：「很簡單，他們特別強，而且他們很多球員的進攻能力都相當棒，其實我們今年能走到八強根本是靠運氣，遇到的對手都是跟我們一樣只會防守不會進攻的球隊，可是遇到光北我們就被打回原形了。」

趙總教練的說話方式雖然不是很客氣，卻非常直接，是苦瓜最喜歡採訪的類型之一。

「忠明一直以來是以防守聞名的學校，今年也靠防守打進八強，可是比賽的過程卻常被外界詬病，例如說打法上太保守，進攻節奏太慢等等，在今天被光北打敗之後，請問會考慮改變球風嗎？」

出乎苦瓜意料，趙總教練竟然重重嘆了一口氣，眼神複雜地望向坐在板凳區休息的球員們，「如果學校願意保留籃球隊，那麼我會試著改變，誰不想跟光北一樣又可以全場壓迫性防守，又可以單節拿下三十分？」

苦瓜吃了一驚，「忠明打算收掉籃球隊嗎？」

「雖然只是在討論階段，不過應該很有可能。」

「為什麼？」

趙總教練冷笑一聲，看在苦瓜的眼裡，卻是透露著一股悲涼。

「還能為什麼，現代人不敢生小孩，小孩越來越少，學校招生困難，哪裡還有精神給你搞籃球隊這玩意。就連新興高中都會因為轉型而廢除籃球隊，更何況是我們這種連在乙級聯賽戰績都不是太好的學校。」

趙總教練嘆了一口氣，「現在的孩子功課壓力大，每個家長都只在意考幾分，成績好不好，課業跟不跟得上，下課還安排一大堆補習，把這些孩子逼得喘不過氣來。

「如果學校接下來廢除籃球隊，學生就只能靠體育課跟社團活動運動放鬆，可是學校為了提升學生的成績，常常挪用社團活動與體育課的時間來上課。」

趙總教練看著自己帶起來的球員們，「說真的，我很替這一代的小孩憂心。」

看到趙總教練原本緊繃的臉轉變成擔憂的模樣，苦瓜關閉錄音功能，「他們這群小球員運氣很好，有你這麼一個教練。」

趙總教練露出苦笑，「我並不是一個好教練，我的執教功力還不到家，今天面對光北完全被他們打的跟落水狗一樣，這群小朋友平常已經擠出很多時間來努力練球，輸成這樣是我的責任。」

苦瓜看到趙總教練自責的模樣，安慰道：「這並不是你的問題，別把錯怪在自己身上。」

趙總教練看著球員們坐在椅子上垂頭喪氣，對苦瓜點了頭，「謝謝，今天就到此為止吧，我要回去了。」

「好，謝謝趙總教練。」苦瓜看著趙總教練繃起臉，大步走向球員們，心裡百感交集，雖然為了光北又取得勝利感到開心，可是又因為忠明的處境感到憂傷。

苦瓜不禁心想，忠明到底是台灣多少間學校的縮影？

一味追求學生課業上的表現，把學生鎖進一個名為讀書的監獄之中，讀書固然重要，可是學校的「學」，學生的「學」，代表的是學習，而學習是可以從各個方面去著手的。

世界這麼大，難道真的靠讀書就可以獲取所有知識嗎？

現在學生讀書，真的是為了他們自己的未來嗎？還是為了學校的升學率而讀，又或者是滿足父母的期待而讀？

看著趙總教練站在球員面前訓話，苦瓜似乎可以理解剛剛趙總教練嘆氣聲當中蘊含的無奈。

苦瓜想到恍神，連蕭崇瑜結束採訪站到他身邊都沒有注意到。

「苦瓜哥？」蕭崇瑜伸出手，在苦瓜眼前晃了晃。

苦瓜回過神，立刻收起心中的擔憂，「怎麼了？」

蕭崇瑜遞上手機，「李明正的訪問，你要聽嗎？」

苦瓜拿過手機，按下播放鍵。

「李教練你好，首先再次恭喜光北高中獲勝，順利晉級四強。」

李明正淡然的語調傳來：「謝謝。」

「今天光北的攻勢很明顯一樣集中在禁區，配合上全場壓迫性防守讓忠明連連發生失誤，光北在第二節與第四節都拿下三十分，大破忠明，拿下漂亮的一勝。」

「嗯。」

「整場比賽光北幾乎都壓著忠明打，保持著自己的節奏，唯一的例外在第三節，光北派出了矮小的陣容，但是打法上似乎呈現一團混亂，而且一開始還被忠明打出一波十比零的攻勢，請問李教練為什麼會做出這種陣容上的配置？」

李明正非常直接地說：「我想要看看最弱的光北是什麼模樣，從這一場比賽中我終於看到，原來光北可以弱的不像話。」

「請問李教練這麼做的目的是？」

「祕密。」

蕭崇瑜在這裡顯然愣了一下，停頓了一會。

「只要再打贏兩場比賽光北隊就可以擁有甲級聯賽的出賽資格，請問球員們會感到興奮或緊張嗎？」

「他們不會，因為我平常的訓練讓他們累到沒有力氣想這件事。」

「那李教練你呢？」

「我會，不過大部分時間我們把重點放在打贏下一場比賽，只要持續贏下去，打進甲級聯賽只是遲早的事。」

「好，謝謝李教練。」

「謝謝。」

苦瓜把手機還給蕭崇瑜，「李明正這個說法，根本就是在說光北已經準備好要進軍甲級聯賽了。向陽再怎麼有自信，現在應該也注意到光北這匹大黑馬了。很好，走了。」

「是，苦瓜哥！」

★

「這是妳第一次看球嗎，感覺怎麼樣？」李光耀知道自己渾身冒著臭汗，雖然很想靠近謝娜，可是怕熏死謝娜，逼自己站離謝娜三步。

謝娜看著李光耀臉上大咧咧的笑容，心臟怦怦亂跳，尤其李光耀剛打完球賽，身上還冒著熱氣，臉上不斷有汗水流下，那種青春活力的樣子搭配上黝黑的皮膚，讓李光耀充滿野性的魅力。

謝娜微微點頭，「很刺激。」

聽到謝娜的回答，李光耀更是露出開心的笑容，用手指抹去臉上的汗水。

「那就好，今天的比賽對手實力不算強，所以對付起來還算容易，不過接下來的四強賽與冠軍賽會更緊張刺激。尤其是冠軍賽，我們只要在這個乙級聯賽拿到冠軍，明年就可以參加甲級聯賽。都打到四強了，每一支球隊當然都會想要取得參賽資格，所以接下來兩場比賽一定是硬仗，比賽會更刺激更好看。」

謝娜點點頭，看到李光耀不斷冒汗，從口袋中拿出袖珍包的衛生紙，抽出一張，往前踏了一步，來到李光耀身前，伸出手，溫柔地幫李光耀擦去臉上的汗水。

這本來是一個自然而然的舉動，可是謝娜擦到一半，突然覺得自己的舉止似乎有點過於親密，好像是女朋友在幫辛苦打完比賽的男朋友擦汗一樣，手僵在半空中，不知道該如何是好。

李光耀看著謝娜尷尬的表情，微微一笑，右手輕輕抓著謝娜的手，「謝謝妳。」

謝娜感受到李光耀大手傳來的體溫，心跳加速，兩邊臉頰浮現兩朵紅雲，而看到謝娜這個模樣，李光耀也不自覺跟著害羞起來。

兩人目光偶有交會，卻很快移開，羞澀的模樣讓一旁的福伯大嘆青春真好。

「今天有比賽，球隊明天早上不用練習，我明天可以早一點到學校，我們一起吃早餐，好嗎？」

謝娜本來想要點頭說好，卻突然想起自己當初在大家面前大聲說出她絕對不會喜歡李光耀的話，表情瞬間一變，驚恐地把手縮回來，「不行！」

李光耀大感愕然，正想問為什麼的時候，底下傳來高偉柏的聲音：「李光耀，別再談戀愛了，我們要走了！」

「哦，馬上來。」李光耀眼神複雜地看了謝娜一眼，「我明天去找妳。」

謝娜輕咬下唇，看著李光耀離去的背影，內心左右拉扯。

光北球員個人表現：

高偉柏，二十分，十五投八中，罰球六投四中，十二籃板，一助攻，三火鍋，二抄截。

魏逸凡，十九分，十四投八中，罰球五投三中，九籃板，二助攻，一抄截。

楊真毅，十五分，二十投七中，罰球三投一中，八籃板，六助攻，二抄截。

李麥克，四分，三投二中，十八籃板，零助攻，二火鍋，三抄截。

詹傑成，兩分，三投一中，二籃板，七助攻，一抄截。

包大偉，四分，三投二中，三籃板，零助攻，二抄截。

王忠軍，九分，三分球五投三中，一籃板，零助攻。

李光耀，九分，五投四中，罰球一投一中，八籃板，三助攻，二抄截。

★

隔天，李光耀在凌晨三點五十分起床，坐起身來，走到浴室刷牙。

事實上，李光耀昨天難得失眠了，整晚翻來覆去就是睡不著。

李光耀看著鏡子裡的自己，臉色憔悴，眼睛裡布滿血絲，不由得嘆了一口氣。

一直以來他都是一個躺在床上就可以立即入睡的人，可是昨天他羊數到幾千隻去了，卻還睡不著。

造成他失眠的罪魁禍首，是謝娜。

昨天在離開球場前，謝娜驚恐的反應讓李光耀有些訝異與受傷。

他始終想不通自己到底做錯了什麼，約女生吃早餐難道是一件很不好的事情嗎？如果是這樣，為什麼每天早上都會有不同的女生送愛心早餐給他？

沒有談過戀愛的李光耀，對於謝娜的反應，苦惱的得不到任何結論。

李光耀吐掉泡沫，捧起水漱口、洗臉，用最快的速度跑到籃球場上，想要靠自我訓練來甩開腦海中紛亂的念頭與想法，心中下定決心，不管怎麼樣，今天到學校之後就要馬上去一年七班找謝娜。

李光耀花了半個小時的時間在運球上，接著練習罰球線左右兩邊的帶一步後仰跳投，兩邊各投進五十球之後，站在罰球線上練習罰球，並且以九成的命中率投完一百顆罰球，結束今天早上的自我訓練。

因為心繫謝娜，李光耀回到家把身上的臭汗沖掉後，換上一身清爽的衣物，揹起前一天晚上就整理好的後背包，出發光北高中。

同一時間，謝娜穿好一身整齊乾淨的制服，坐在椅子上，面前是廚師精心烹調、看來美味無比的歐姆蛋。謝娜卻只是以左手撐著頭，看來心事重重地拿著湯匙翻弄黃金色的歐姆蛋，偶爾才舀一小口放進嘴裡，更多時候只喝著溫熱的牛奶。

「我吃飽了。」謝娜把玻璃杯裡的牛奶喝完，放下手中的湯匙，餐盤中的歐姆蛋還剩下一半。

站在一旁的福伯揚起眉毛，看到除了牛奶之外，歐姆蛋大概只吃了兩口的份，羅宋湯更是一口都沒喝，這樣就吃飽?鬼才相信。

福伯知道謝娜跟之前一樣心裡又有煩惱，並且非常確定造成謝娜食慾不振的就是李光耀，但他並不打算立刻揭穿謝娜。

「小姐，妳吃這麼少，到學校可能會餓，不如我請廚師準備一點水果讓妳帶到學校吃好嗎？」

謝娜搖搖頭，「不用了，福伯，出發吧。」

福伯見謝娜堅持，只能輕聲道好，拿起謝娜的書包，快步走出門外備車。

謝娜臉帶愁容，走路明顯沒有精神，在門口穿上鞋，看著福伯開著賓士車過來，打開車門，上車，渾身癱軟地坐倒在椅子上，眼神渙散地看向窗外。

福伯輕踏油門，雙手握著方向盤，駛向光北高中，車上依然播放著謝娜最喜歡的鋼琴曲，德布西的《月光》。

「小姐，妳知道嗎，我跟妳一樣，昨天也是第一次在現場看籃球賽，雖然我已經是老頭子了，可是看到一群年輕人在球場上奔跑著，讓我也覺得熱血沸騰呢。」福伯試著與謝娜聊天，謝娜反應卻很平淡。

「嗯。」

福伯微微一笑，心想，如果謝娜再這麼下去，戀愛這個學分肯定會被當掉。

「小姐，妳相不相信，男生是很脆弱跟懦弱的一種生物。」

謝娜揚起眉毛，看著後照鏡上福伯和藹的笑臉，連話都沒有說，搖了頭。

「那小姐真的太遲鈍了。難道妳都沒有發現昨天在籃球場上大殺四方的李光耀，在小姐面前是那麼小心翼翼？在小姐拒絕他的早餐邀約時，他臉上的失望是顯而易見的，顯然妳已經傷了他的心了。」

謝娜整個臉垮了下來。

「小姐，有人說女人的心是水做的，可是卻沒有人知道男人的心是玻璃做的，輕輕一敲就會出現裂痕，尤其是在自己喜歡的女孩子面前，簡單的一句話就可以讓男生放在心裡面很久很久。」

謝娜輕咬下唇，眼神裡出現猶豫，煩躁感一直在心中徘徊，讓她不知該如何是好。

「小姐如果有什麼煩惱，說不定我這個老頭子可以給妳一點意見。」

人算不如天算，這句話應驗在抵達學校的李光耀身上。

李光耀踏入校門，快步走到廁所內第一間隔間，因為就李光耀觀察，第一間隔間十次有九次是最乾淨的，機率其高無比。

正當李光耀準備換下充滿臭汗的衣服，套上乾淨的制服時，卻有人快步走進廁所，砰一聲把門關起來，接著李光耀聽到脫褲子的聲音，當他意識過來是怎麼一回事的時候，已經太遲了。

李光耀用最快的速度衝出廁所，在踏出廁所的當下大口深呼吸，差點沒被臭死在廁所裡。

「也太倒楣了吧！」李光耀心裡大叫，聞聞肩膀兩側，確定身上沒有沾上臭味後，快步往教室走去。

俗話說禍不單行，當李光耀踏進一年五班的後門時，便發現有一個人坐在自己的座位上，而且這個人有一種讓他頭痛的超能力。

劉晏媜。

劉晏媜一看到李光耀，馬上從椅子上跳起來，張開雙手迎接李光耀，但是李光耀卻輕輕地推開劉晏媜的雙手，「妳幹嘛？」

劉晏媜理所當然地說：「抱你啊，難道不夠明顯嗎？」

李光耀刻意迴避這個話題，「妳今天過來找我幹嘛？」

劉晏媜笑嘻嘻地說：「當然是因為想你啊，我想你，所以就過來找你，不行嗎？」

劉晏媜的坦率讓李光耀一時間啞口無言。

劉晏媜拉著李光耀的手，把他拉到座位上，開心地說：「你應該還沒有吃早餐吧？」

李光耀輕輕地搖頭，「還沒。」

「太好了。」劉晏媜拿起掛在李光耀椅子上的小袋子，從袋子裡拿出保溫壺跟便當盒，吐吐舌頭，「保溫壺裡是冰牛奶，便當盒裡是我自己做的吐司，有火腿蛋吐司，也有花生吐司。這是我第一次做早餐，所以味道上就請多多包涵了。」

「為什麼特別做早餐給我吃？」李光耀看著劉晏媜可愛的模樣，還有她擺在桌上親手做的早餐，與其他女生買來的現成早餐比較，雖然李光耀心裡喜歡的是謝娜，卻也不由得為劉晏媜的心意所感動。

「為了謝謝你啊。」

「謝謝我？為什麼？」

「前幾天陳紹軒來找我，好像變了一個人似的，說他以後不會再跟以前一樣糾纏我，會開始學習用真心誠意感動我，要我放心。我覺得很奇怪，就問他為什麼會突然這樣，他說是因為你，所以我決定要好好感謝拯救我的白馬王子，今天特地早起幫你做早餐。」

劉晏媜把其他女生送給李光耀的愛心早餐拿走，淘氣地說：「這些女生太偷懶了，一點心意都沒有，我幫你收起來，你今天只能吃我做的早餐。」

李光耀不由得嘆了一口氣，面對劉晏媜，他還真不知道該怎麼辦才好。

「喂，你幹嘛嘆氣！」劉晏媜拍了下李光耀的肩膀，似乎想起什麼事情，興奮地說：「我跟你說，這幾天我跟我的隊員討論好怎麼幫你們加油了！這兩天就會去找你們的助理教練，怎麼樣，期不期待有人在旁邊幫你們大聲加油？」

李光耀在腦海中想像了一下，點頭說：「感覺應該還不錯，辛苦妳了。」

劉晏媜對李光耀拋媚眼，「不辛苦，只要是為了你，一切都是值得的。」

李光耀不知該做什麼反應，看著掛在牆壁上的時鐘，心想如果趕快打發劉晏媜，說不定還有時間找謝娜。

「早自習快到了，妳是不是該準備回教室去？」

劉晏媜點頭，「時間確實差不多了。」

正當李光耀鬆了一口氣，心裡想著等到劉晏媜離開，就要馬上拿著三明治去找謝娜時，劉晏媜面對他張開雙臂，露出了大大的笑容，「你知道意思的。」

李光耀一心只想趕快去找謝娜，看著劉晏媜期待的俏臉，嘆了一口氣。

「好吧。」李光耀踏前一步，雙手輕輕抱著劉晏媜，身體上沒有任何接觸，不過劉晏媜當然不會就這樣放過李光耀，雙手環抱住李光耀的後背，把臉貼在李光耀的左胸上，聆聽著李光耀的心跳。

「這才叫擁抱。」

謝娜看著後照鏡上福伯露出的笑臉，已經被心中的煩惱折磨了一整個晚上的她，只能向福伯求救，「我之前在大家面前說我絕對不會喜歡李光耀，而且我私下也有對身邊的朋友說我很討厭他，說他很自大，又很自以為是，看了就討厭。」

福伯哦了一聲，「但是小姐現在應該不這麼覺得了吧？」

「嗯。」謝娜點頭。

「那小姐在煩惱些什麼呢？」

「我怕如果她們知道我喜歡李光耀，會覺得我很奇怪，之前明明才說李光耀是個大混蛋，可是現在卻……」

福伯看著謝娜糾結的模樣，覺得疑惑，「為什麼小姐的好朋友們會這麼覺得？」

「因為在我的朋友群裡面，有很多人都暗戀李光耀。」

福伯想忍住笑意，卻不禁噗哧一聲，笑了出來，「小姐，不好意思，妳喜歡李光耀，跟妳的朋友們有什麼關係？」

謝娜嘟起嘴，手指不斷玩弄自己的髮尾，「前陣子只要她們一提到李光耀我就會不理她們，覺得她們很花痴，甚至還會叫她們不要再提到李光耀這三個字。如果我現在跟李光耀走太近，我擔心她們會不理我。」

「所以妳就是為了這個拒絕李光耀早餐的邀約？」

謝娜無可奈何地點頭。

「好，沒關係，我們先把這個問題放一邊。小姐剛剛說之前很討厭李光耀，因為李光耀很自大又很自以為是？」

「嗯，我原本是這麼認為。」

「為什麼？」

「因為他就是有種自大狂的感覺，不管講話、走路、說話的方式都讓我覺得這個人很囂張，不知道在自信什麼。」

「那現在呢？」

謝娜臉微微一紅，「現在覺得他其實……還滿厲害的，他的自信並不是無中生有，是他從練習中一點一滴累積出來的。週末我起床吃早餐的時候，他可能已經在球場上練球，所以他對自己有自信也是應該的。」

「那小姐現在在意的地方是朋友對你們關係的想法嗎？」

謝娜輕咬下唇，緩緩地點了頭，「嗯。」

「原來如此。」

優美的鋼琴聲迴盪在車內，謝娜的雙手絞在一起，眼睛四處游移，過了幾分鐘，小心翼翼地問：「福伯，你覺得我該怎麼辦才好？」

福伯在心裡偷笑，小姐果然是個可愛羞澀的小女孩，面對愛情時傻傻地不知道該怎麼面對。

「在回答這個問題之前，我想要先問小姐一個問題。」

謝娜點頭，「嗯。」

「對妳來說，李光耀和那一群朋友誰比較重要？」

這個問題就像是一把利劍，直接刺進謝娜的心中。

從後照鏡裡看到謝娜愣住的模樣，福伯相信謝娜雖然還小，而且沒有任何戀愛經驗，可是她會懂得做出好的決定。

在謝娜思考的時候，福伯穩穩地開車，不多時，光北高中的校門口已經近在眼前，福伯打了右轉燈，緩緩把賓士車停在路邊。

「小姐，學校到了。」

「謝謝你，福伯。」謝娜感激地說，在這聲謝謝當中，除了感謝福伯載她到學校之外，也隱含著感謝福伯點醒了自己。

謝娜左手拿起書包，打開車門，跨步走向校門口。

對，朋友的看法很重要，可是只需要獲得自己在意的人的認同就好了，如果小君願意支持自己與李光耀在一起，就已經足夠了，其他人愛說什麼閒言閒語就讓他們去說吧。

帶著這樣的心情，謝娜踏著輕快的步伐，臉上露出期待又愉悅的笑容，深褐色的長髮飄舞，這幅美麗的畫面讓許多昏昏欲睡的男同學瞬間醒了過來，當中還有一個男同學因為眼睛全部聚焦在謝娜身上，不僅腳踩了一坨新鮮的狗屎，整個人還撞到學校種植的七里香，差點栽進七里香後面的花園裡。

男同學本來覺得自己怎麼這麼丟臉，可是當謝娜發現身後有一些奇怪的聲響，回頭看到他狼狽的模樣而不禁露出笑臉時，那名男同學瞬間覺得自己用丟臉換來謝娜的回眸一笑，實在太值得了。

謝娜腳步輕快，想要趕快到一年五班為昨天的反應向李光耀道歉，然後跟李光耀說自己很餓，想要吃一點東西。

著。

當謝娜沉浸在美好的幻想中，快步走上樓梯時，卻從一年五班敞開的後門看到李光耀與劉晏媜熱烈相擁著。

一時間，謝娜呆住了，不知道該做何反應，而李光耀也看到剛走上樓梯，站在門外的謝娜。李光耀雙眼瞪大，謝娜雙眼瞪大，而在李光耀懷中的劉晏媜，正在享受李光耀溫暖的胸膛。

第三章

早上七點半，李明正家中的電話鈴聲大響，正在吃早餐的李明正放下手中的碗，站起身來，「老婆，妳吃，我來接。」

李明正按下林美玉，低頭親了她一下，走到電話前，看到小螢幕上顯示的熟悉號碼，「喂，天才李明正，你好。」

電話另一頭傳來葉育誠冷冷的聲音：「不好笑。」

李明正哈哈大笑，「我覺得還不錯啊！」

葉育誠嘆了一口氣，李明正完全可以想像葉育誠臉上無奈的表情，笑得更開心了。

葉育誠很是無奈地說：「你可以不要這麼幼稚嗎，都幾歲了？」

李明正理直氣壯地回道：「幼稚不好嗎，要想好好享受生活，第一件事就是要分清楚哪個時候要嚴肅，哪個時候可以幼稚，每天繃著一張臉你不累嗎？」

葉育誠不想跟李明正討論這個話題，「算了，你今天早上有沒有收到雜誌？」

「雜誌，什麼雜誌？」

「《籃球時刻》。」

「我不確定，我出去看一下，你等我。」李明正把話筒放在旁邊，走出家門，撿起地上的報紙，檢查信箱，發現有一個牛皮紙袋塞在信箱裡。

李明正回到家中，順手將報紙放在桌上，拆開牛皮紙袋，拿出裡面的雜誌，看到封面上《籃球時刻》四個大字，重新拿起話筒，「我有收到。」

葉育誠語氣略帶興奮地說：「翻到第一百四十八頁，你自己看就知道，我有事，先忙了。」聽到電話另一端傳來嘟、嘟、嘟的聲音，李明正掛回話筒，「就這點事情還特別打電話過來，看來做校長一定很無聊。」

林美玉問：「誰啊，有什麼重要的事嗎？」

「葉流氓打來的，叫我翻開這本雜誌的第一百四十八頁。」李明正拿著雜誌回到椅子上坐下，把雜誌放在桌上，拿起碗繼續吃林美玉的愛心早餐。

「你不看嗎？」林美玉看李明正沒有翻開雜誌的意圖，好奇地問。

「晚一點看，我肚子餓，想要先吃親愛老婆煮的早餐。」李明正扒了一大口林美玉做的茶泡飯，微微的茶香味搭配上海苔與魚鬆，讓李明正大呼過癮。

林美玉看到李明正吃的開心，心裡充滿了成就感與滿足感。她放下手中的碗，雖然肚子還有點餓，可是她可沒有李明正的魔鬼身材，如果不注意熱量，自己的小腹很容易就凸起來，手腳肥一圈，這樣跟李明正站在一起實在太不登對了。

林美玉認為李明正暫時不會放下筷子，拿起被李明正放到一旁的雜誌，翻到第一百四十八頁，驚呼一聲，「老公，有你們的報導耶！」

李明正臉色很平淡，「我想也是，不然他們不會沒事寄雜誌給我們，葉流氓也不會特別打給我。」

「老公，我唸給你聽。」

李明正點頭，林美玉清清喉嚨，「今年新興高中沒有預兆地突然宣布解散籃球隊，對於台灣高中籃球界無疑是投下一顆重磅炸彈。因為新興高中的退出，甲級聯賽出現一個空缺，許多乙級聯賽的球隊蠢蠢欲動，對此空缺虎視眈眈。當中呼聲最高的是近幾年稱霸乙級聯賽，被稱為乙級聯賽王者的向陽高中。向陽高中不負各界的期望與預測，幾場比賽下來以平均勝分高達三十二點一分的可怕成績展現出王者風範，利用驚人的表現對眾人宣告甲級聯賽的空缺他們志在必得。

「除了向陽高中之外，去年的亞軍與季軍，長憶高中與弘益高中，也被視為進軍甲級聯賽的熱門球隊之一。可是今年的戰況異常激烈，兩間學校先後被立德高中與松苑高中擊敗，爆了大冷門，跌破眾人的眼鏡——不過，今年乙級聯賽精彩程度還遠不僅如此。」

林美玉講到一個段落，吞了一口口水，「接下來就講到你們了。」

林美玉仔細看著報導，口齒清晰地將內容一字不漏地唸出來，「光北高中，一間二十年來都是以升學為取向的私立高中，在今年創立了籃球隊，報名丙級聯賽，之後勢如破竹地拿下冠軍，升上乙級聯賽。對於一支剛創立的球隊來說，這絕對是一個值得自傲的成績。但光北高中的企圖心不僅於此，雖然是一支剛創立的球隊，在乙級聯賽單淘汰的賽制中卻表現出初生之犢不畏虎的氣勢，利用禁區的優勢打敗每一支站在他們前面的球隊，接連將立德與松苑兩匹黑馬擒下，化身為襲捲乙級聯賽的風暴。如果說向陽高中是乙級聯賽的王者，那麼光北高中就是以驚人的韌性逐一突破難關的鐵甲武士，雖然在籃球場上會發生什麼事很難預測，不過我們似乎已經可以預見乙級聯賽的決戰組合。」

林美玉輕呼一口氣，「就這樣，篇幅不算多，才占了四分之一頁而已。不過怎麼會放在這種地方，幾乎已經是這本雜誌的最後一頁了，而且連張照片都沒有。」

李明正說：「有報導已經算不錯了，現在是NBA的例行賽期間，以銷量作為考量，是我也會把重點篇幅拿來報導最多人關注的NBA。」

林美玉點點頭，把第一百四十八頁攤在李明正面前。

李明正隨意掃了一眼，臉上露出笑容，「寫的真不客觀，很明顯偏袒我們，他們兩個人真是有種。」

「他們？」

「就是我之前跟妳提過，從北部特地南下採訪光北的兩個編輯，這一篇報導就是他們寫的。」李明正輕哼一聲，臉上露出笑容，「如果冠軍賽不是光北打向陽，或者光北沒有打進冠軍賽，他們可是會成為別間籃球雜誌社的笑柄，不過他們應該沒在怕就是了，哈哈哈，很好，我欣賞！」

「苦瓜哥，黑咖啡。」蕭崇瑜手裡拿著苦瓜指定的黑咖啡。

「嗯，隨便放著就好。」苦瓜盯著電腦螢幕，右手操控滑鼠，左手按壓鍵盤，正在整理資料。

「苦瓜哥，你還好嗎？」蕭崇瑜無法從苦瓜面無表情的臉上猜測出他的心情，但是苦瓜剛從總編輯那裡離開，蕭崇瑜擔心對苦瓜有偏見的總編輯會趁機責難。

苦瓜斜了蕭崇瑜一眼，「你哪一隻眼睛看到我不好？」

「剛剛總編輯找你，通常只要他找你都不會有什麼好事，我擔心他認為我們光北的報導寫的太不客觀……」

苦瓜點點頭，無所謂地說道：「他確實是這樣覺得。」

「那……」

苦瓜身體往後靠，躺在椅子上，「那又怎麼樣？光北跟向陽確實是最有機會晉級甲級聯賽的球隊，印刷的時候才八強賽，現在已經四強了，光北跟向陽一樣在贏球。」

「可是苦瓜哥，明眼人都看得出來我們偏向光北啊，這樣帶有立場的報導，適合嗎？」

蕭崇瑜的言語中隱約在暗示著苦瓜，我知道你是李明正的大粉絲，光北重歸高中籃球確實是一件值得開心的事，可是工作歸工作啊。當光北的球迷時可以盡情地享受球賽，可是當編輯的時候就必須要拿出專業素養。

苦瓜瞪著蕭崇瑜，猛然站起身來，嚇了他好大一跳。

「你說得很好。」

蕭崇瑜愣了一下，他以為苦瓜會罵自己，但是苦瓜非但沒有這麼做，反而還出言稱讚他。

「菜鳥，你過來，陪我抽根菸。」

蕭崇瑜一時反應不過來，因為苦瓜已經很久沒有叫他菜鳥了。看到苦瓜已經快步離開辦公室，他連忙跟上苦瓜的腳步。

兩人走出辦公大樓外，苦瓜抽出一根菸，而蕭崇瑜發現苦瓜現在抽的菸，濃度比以前低了許多。

「菜鳥，你進《籃球時刻》多久了？」

「快一年了。」蕭崇瑜感嘆道：「時間過得真快。」

「你認為來這裡有趣嗎？」

「很有趣啊，而且學到很多東西，尤其是跟在苦瓜哥身邊，讓我覺得每一天都很充實。」

苦瓜點點頭，吐出一口淡藍色的煙霧，「你剛剛說的是對的，可是在寫光北隊報導的時候，我永遠都不可能保持客觀，因為沒有光北，也就不會有今天的我，你懂嗎？」

跟在苦瓜身邊，蕭崇瑜每一天都可以感受到苦瓜對於光北高中與李明正的執著，點頭說：「懂。」

苦瓜把目光從蕭崇瑜臉上移開，看向天空，緩緩地說：「明天就來試著寫稿吧。你跟著我，該學的都學了，不該學的也都學了，可以開始試著獨當一面。」

蕭崇瑜看著苦瓜，心裡出現了一股激動與感動。

「是，苦瓜哥！」蕭崇瑜的眼中蘊含著太多情緒，有感動、感謝、感激，跟著苦瓜這不到一年的時間，絕對是他生命中最充實的一段日子。

「苦瓜哥，其實有一件事是不該學，而我沒有學的。」

苦瓜揚起眉毛，露出疑問的表情。

蕭崇瑜伸出右手的食指與中指，放在嘴唇上，「抽菸。」

苦瓜哼了一聲，「菜鳥。」

不知道為什麼，聽著這一聲菜鳥，蕭崇瑜覺得特別開心。

★

傍晚五點半，已經進入十二月的台灣，白晝的時間縮短，太陽已經朝著西方落下，唯有一絲殘陽留給不肯回家，在籃球場上打球的學生們。

過了十幾分鐘，太陽完全西沉，四周一片昏暗，在連球都很難看到的情況之下，學生們拿起書包與丟到旁邊的制服，一邊討論要去哪裡吃晚餐，一邊朝校門口走去。

就在這個時候，由家長會長楊翔鷹捐贈的高大燈柱亮起，明亮的光束照亮了整個籃球場。

許多準備離去的學生頓時歡呼起來，不過同時也覺得奇怪，因為燈柱通常都是籃球隊開始練球的時候才會打開，怎麼今天才六點不到就亮了。

不過對於想要繼續打球的學生，這個問題的答案是什麼並不重要。眾人把書包跟制服一丟，又跑到籃球場上打球。

此時，有一個人手裡拿著球，慢慢走向籃球場。

原本專心打球的人看到李光耀走過來，開始議論紛紛。李光耀並沒有理會那些聲音，穿上籃球鞋，在跑道上熱身。

李光耀熱身完，隨意掃視眼前的球場，選了一個最多人的，把後背包放在籃球架旁邊，對正在鬥牛的人說：「有沒有興趣跟我單挑？」

在與東台的友誼賽結束之後，李光耀已經被認為是光北高中的第一人。雖然如此，卻有一些對自己球技很有自信的人認為自己並不輸李光耀，只是找不到機會證明這一點。

現在機會出現了，而在這個球場中，正好就有那麼一個人對自己的球技很有自信，認為自己絕對不會輸給李光耀，一聽到李光耀想要單挑，馬上站出來。

「好！」身穿黑色背心的高二生說，「你想要怎麼打？」

李光耀站上場，走到弧頂三分線，「一球定勝負，我掌握第一波球權，進了，你就輸了，不進就換你進攻。」

高二生點頭，馬上把手中的球傳給李光耀，雙手像是老鷹般展開，重心放低，擺出了防守架式。

李光耀雙手摸摸球，「這顆球打太久了，已經沒有顆粒，算了，反正還可以打。」

李光耀看著眼前的高二生，下球往右切，充滿爆發性的第一步直接突破防守，輕而易舉上籃得分。

李光耀走到三分線外，面無表情地說：「下一個。」

高二生沒想到李光耀的速度這麼快，不甘心地走到場外。

接下來上場的人，個頭矮小，大概才一百七十公分上下，面對這人的防守，李光耀並沒有利用身高或者身材上的優勢在籃下取分，而是在三分線外出手。

唰，空心進球。

「下一個。」

下一個上場的人身材略胖，可是動作算得上靈活，身高也將近一百八十公分，比李光耀矮一點，身材上的差距並不大，不過李光耀一個投籃假動作就把他晃起來，輕鬆上籃打板得分。

「下一個。」

穿著黑色背心的高二生再度上場，想要證明剛剛被李光耀得分只是他一時大意，其實他的實力絕對不會比李光耀差。

李光耀再次往右切，高二生往後退，而李光耀在那瞬間直接拔起來，帶一步跳投出手

唰！

「下一個。」

本來在四周打鬥牛的人，因為李光耀的出現而紛紛跑過來，想成為那個擊敗他的人。人越聚集越多，後來甚至因為人數過多，出現爭吵的情況。

李光耀提出了解決的辦法——排隊。不過高中生畢竟血氣方剛，不少人忿忿不平無法接受，李光耀便把這些人叫上場，快速解決掉他們，然後叫他們排到隊伍的最後面，讓他們不敢再有意見。

在球場上，李光耀大部分時間都是利用切入解決對手，就算偶爾被擋下來，也可以利用轉身或者背後運球甩開防守者，輕而易舉的上籃得手。

當上來的人怕被李光耀切入突破，把防守距離拉遠時，李光耀卻又利用優異的中距離跳投能力把球投進。面對這一群防守實在破綻百出的人，李光耀幾乎沒有花費什麼力氣對付他們。

一連二十個人，根本沒有人守住李光耀。

不過在第二十一個人上來挑戰時，李光耀在罰球線左邊的帶一步跳投失手，力道過大，讓第三次上場，

身穿黑色背心的高二生有了機會。

高二生抓下籃板球，運球到三分線外，心想自己絕對要成為那個擊敗李光耀的人。

李光耀站在高二生面前，蹲低身體，把重心壓低，而高二生馬上使出他最引以為傲的過人招式，胯下變向運球，這是有一次他無意間在網路上看到一個矮個子球員的獨特招式，覺得實在太帥就把它學起來了，運用在三打三的街頭籃球，還真是說不出的好用。

高二生由左往右切，認為這個無往不利的招式可以幫助自己上籃得手時，球卻被李光耀撥掉。

李光耀搶到往後滾的球，直接在三分線外一步的地方出手。

唰！

連續三次被李光耀擊敗，高二生低著頭失望地走下場，這時才肯真正面對李光耀是全校最強的人的事實。

排第二十二位的同學正想上場挑戰，李光耀卻說：「今天就到此為止，不打了。」

在場外排隊等候的人露出了失望的表情，不過李光耀會突然喊停，是因為隊友們前後抵達了球場。

謝雅淑快步走上場，「李光耀，欺負弱者很有趣是嗎?來，我很久沒有跟你單挑了，換我跟你打。」

李光耀卻不想理會，一句話都沒說，默默地走出場外，從後背包裡拿出水瓶喝水。

若是平常的李光耀，一定會大笑幾聲，自信地說：「好，來！」可是今天的李光耀，卻只是悶著頭喝水，表情沉鬱，頭頂上好像籠罩著一大片烏雲。

本來也想要跟李光耀單挑的高偉柏，與謝雅淑面面相覷，不知道李光耀發生了什麼事。

因為已經接近練習的時間，籃球隊的隊員們相繼來到球場，在跑道上拉筋暖身，或者拿球練習外線投射。

一直到六點五十五分，李明正、吳定華與楊信哲三人從一旁走了過來。

李明正大喊：「集合！」

聽到李明正的聲音，籃球隊所有人立刻跑到他面前集合，李明正感受到球員們積極的態度，點點頭，心中很滿意。

李明正對球員說：「大家應該都知道了，明天晚上有比賽，對手是瑛大附中，今天跟明天的訓練都會針對瑛大附中擅長的進攻模式做防守練習。」話說完，李明正對楊信哲點頭示意。

楊信哲手上拿著筆記本，取代李明正的位置，站在球員面前，「大家注意聽我這邊，瑛大附中的籃球隊在今年創隊滿二十年，算是一支有歷史的球隊。隊史曾經打進甲級聯賽，但因為連續三年墊底，被降到乙級聯賽。近幾年在乙級聯賽的成績不錯，連續五年都至少打進八強，是不可小看的對手。

「瑛大附中不管是進攻或是防守的節奏都掌控的很好，是一支很穩的球隊。防守端以二三區域聯防為主，禁區的中鋒跟大前鋒身高都超過一百九十公分，很多球隊因為這樣而不敢切入禁區，攻勢過於集中在外圍，可是球投不進之下又搶不到籃板球，最後導致輸球，這一點可以讓我們作為借鏡。

「進攻端方面，瑛大附中雖然在禁區有兩個具有身高優勢的鋒線球員，可是他們不太會得分，擁有強大進攻能力的反而是小前鋒，防守時要特別注意他。

「除了小前鋒之外，外圍的兩名後衛也有不錯的得分能力。控球後衛的外線跳投命中率有四成三，得分後衛則有著不錯的切入腳步，尤其兩名後衛的默契相當好。

「總體來說，瑛大附中各方面都算是一支很完整的球隊，不過他們有一個致命的弱點，就是他們的三分球命中率。全隊命中率最高的得分後衛只有二成一，而平均命中率只有一成五。」

楊信哲話說完後，對李明正點頭示意，退到一旁。

李明正站到球員面前，「開始熱身，光耀，你來帶操。」

李光耀面無表情，站到隊友面前，按照平常的順序與節奏開始帶熱身操。

若是平常的李光耀，一定會精神飽滿地帶隊友暖身，可是今天的李光耀，卻是一臉無精打采，這反常的模樣讓場邊的吳定華感到很不尋常。

「明正，你有沒有覺得光耀今天怪怪的，是不是身體不舒服？」吳定華與李明正交頭接耳。

李明正看著自己的寶貝兒子，「感覺不像。他是非常保護自己身體的球員，如果他身體不舒服，他不會勉強自己練球，所以應該是有別的煩惱吧。」

吳定華皺起眉頭，「別的煩惱啊……既然是你生的兒子，應該不會為了成績苦惱才對。」

「你講的好像我當年很不喜歡讀書一樣。」

吳定華嗤笑一聲，「你是啊。」

這時，一旁的楊信哲湊了過來，「我知道是為什麼。」

李明正與吳定華同時問：「為什麼？」

「答案很簡單，你們自己試著去想想看，你們在李光耀這種青春期的時候，會為了什麼事情煩惱就好了。」

李明正與吳定華對看一眼，又看向李光耀那鬱悶的臉，得到了答案，「戀愛！」

楊信哲點點頭。

吳定華說：「至少不是身體上的不舒服，不然明天就要比賽了，影響到比賽的表現可不好。」

李明正搖搖頭，持不同看法，「身體不舒服有很多醫生可以醫，可是心病只有心藥醫，解鈴還須繫鈴人，沒有那麼簡單。」

晚上十點，李明正的地獄式訓練告一段落，九名球員喝水、休息完之後，由三名教練負責載回家。

李明正的車上，王忠軍坐在副駕駛座，麥克與李光耀坐在後座，車內除了電台播放的音樂與主持人的聲音之外，安靜得很詭異。

如果是平常，李光耀一定會在車裡與李明正、麥克、王忠軍聊天。王忠軍雖然安靜，但偶爾會臣服在李光耀的煩人攻勢之下，說一、兩句話打發他，而麥克在李光耀面前，也會大膽開口說話。可是今天的李光耀卻很反常，一句話都不說。

麥克怯怯地問：「你今天怎麼都不說話？」

這個問題似乎觸碰到李光耀的開關，讓他深深嘆了一口氣。

「你……你怎麼了？」

李光耀搖搖頭，對麥克勉強擠出一個笑臉，「沒事。」

麥克就算再笨也知道李光耀一定是發生什麼事了，可是麥克卻不敢問，怕自己的關心會造成李光耀的二度傷害。

跟麥克不一樣，王忠軍倒是很喜歡反常安靜的李光耀，因為李光耀平常真的太煩人了，每次問問題一定要得到答案，不然死都不肯罷休。

李明正專心開車，王忠軍看著窗外，麥克時不時偷瞄李光耀，而李光耀則一臉心事重重，也不知道在想些什麼。

十五分鐘後，李明正熟練地把車子停在麥克家門口，踩住煞車，轉頭對麥克露出微笑，「麥克，辛苦了，明天見。」

「好，謝謝教練。」關上車門之前，麥克看了李光耀一眼，平時這個時候，李光耀會興奮地揮手對他說：「麥克，回家好好休息，但不要睡過頭遲到囉。」

今天的李光耀，卻只是勉強勾起一抹笑容，「麥克，拜。」

「嗯，拜拜。」麥克擔心地看了李光耀一眼，關上車門，看著李明正的車子往前駛，消失在前面的街角。

李光耀左手手肘靠在車窗上，手掌托著腮，看著窗外熟悉的街道，想起今天早上發生的事情，讓他感到一陣煩躁。

當李光耀看到謝娜的瞬間，立刻把緊緊抱著自己的劉晏媜甩開，衝出教室，大步追上離去的謝娜，抓住謝娜的右手。

「等一下，事情不是妳想的那樣，妳聽我解釋！」

「我不要，放開我的手！」

「我不放，除非妳願意聽我解釋。」李光耀緊緊抓著謝娜的手，不讓謝娜離去。

謝娜轉過身，瞪了李光耀一眼，啪一聲，賞給李光耀一個大巴掌。

「滾開，這輩子我都不想再看到你，男生果然都一樣，你們都是一群混蛋！」謝娜用力一扯，把李光耀的手甩開，大步離去。

李光耀看著謝娜消失在一年七班的背影，愣在當場，摸著傳來火辣辣感覺的右臉頰，腦海中浮現的是謝娜含淚的雙眼及傷心欲絕的表情。在這瞬間，李光耀覺得自己真的是一個混蛋，竟然讓喜歡的女生為了自己傷心流淚。

李光耀緊握雙拳，渾身顫抖，大步走回教室，看到劉晏媜依然站在自己的位子旁邊，滿腔的怒氣似乎找到了爆發的出口，表情猙獰的像一隻惡鬼，可是當來到劉晏媜面前時，李光耀卻想起如果一開始自己拒絕劉晏媜擁抱的要求，或許什麼事都不會發生，謝娜很可能還會見到他拒絕劉晏媜而接受他。

一切都是他自己的錯，能怪得了誰？

李光耀滿腔怒火轉化成無止盡的自責與失落，彷彿一頭戰敗的雄獅，渾身無力地坐倒在自己的座位上，看著劉晏媜親手做的早餐，乏力地說：「妳拿回去吧，我吃不下。」

劉晏媜看著李光耀又是失望又是傷心的表情，心中湧現出龐大的酸澀，默默收起自己做的早餐，把其他女生買來給李光耀的早餐放回桌子上，一句話都沒說就離開了一年五班。在這之後，王忠軍與麥克才先後走進教室。

李光耀在劉晏媜離開後就趴在桌上不說話，彷彿一具靈魂已經被抽走的空殼。

同樣的時間，同樣輾轉難眠的夜晚。

雖然有空調在天花板上不斷送來舒服的涼風，謝娜卻覺得燥熱不已，用力地把棉被甩開。可是身上只穿一件絲質睡衣的她依然感到全身不舒服，只要一閉上雙眼，腦海中就出現李光耀擁抱劉晏媜的情景，讓謝娜根本無法入眠。

謝娜在床上翻過來翻過去，思考著明天早餐要叫廚師做什麼，放學後要不要去剪個頭髮，或者燙個頭髮，又或者買一些新衣服，但是不管謝娜再怎麼想別的事情，最終就是跳回李光耀擁抱劉晏媜的畫面，不論怎麼努力就是關不掉，讓她雙眼充滿淚水，鼻頭酸得好像塞了一整顆的檸檬。

「混蛋，才覺得你跟別的男生不一樣而已，結果呢，大混蛋，我以後再也不理你了！」

「可惡，大混蛋！」

「如果我理你的話，我謝娜就是大笨蛋！大白痴！大蠢豬！大傻瓜！」

「可惡可惡可惡！我真的再也不相信打籃球的男生了，全部都是大混蛋！」

這時，謝娜隱隱聽到一樓的時鐘傳來的十二聲聲響，提醒她現在已經是午夜十二點了。

「氣死我了，我到底為什麼要因為一個混蛋失眠兩個小時！」

謝娜不禁想起今天上小提琴課的時候，不管怎麼努力都沒辦法拉出自己想要的音色，拉的曲子還是自己最愛也最熟悉的《月光》，這讓謝娜氣得差一點把手中價值六位數的小提琴砸爛。

連家教老師都說：「謝娜，我們先把琴放下來，妳今天身體太過緊繃，手指太僵硬，這樣絕對拉不出妳想要的感覺，只會越拉越糟。」

「可惡，你算什麼東西，憑什麼把我的生活搞的一團糟！說什麼喜歡我，結果呢，結果呢！以為我不會發現就去抱別的女生，這樣就叫喜歡我！

「莫名其妙！混蛋！怪人！壞透了！可惡！」

謝娜把自己所知道的罵人的話全部用在李光耀身上，可是一些實在是太過火，例如問候別人爸媽的髒話她怎麼樣都沒辦法說出口。

利用痛罵發洩完心中的怒火之後，謝娜緊緊抱著棉被，喃喃自語：「不是說要解釋，等了一整天連人影都沒看到，也沒有過來道歉，真是個大混蛋，休想我原諒你……」

★

凌晨四點的鬧鐘響起，李光耀右手關掉鬧鐘，艱難地翻開棉被，盤腿坐在床上。

他覺得腦袋昏昏沉沉的，雙眼乾澀不已，連睜開眼睛都成了一件困難的事情。最糟糕的是，身體軟趴趴的一點力氣都沒有。

李光耀知道這是他昨天沒吃什麼東西，晚上又失眠造成的後果，全身乏力。

他揉揉雙眼，身處在黑暗之中，意識逐漸變得朦朧，不過這時他的肚子傳來咕嚕咕嚕的聲音，表達強烈的抗議。

李光耀苦笑一聲，翻身下床，走下樓到廚房打開冰箱，然後一口氣把剩下一半的豆漿喝光。

李光耀打了一個嗝，拍拍自己的肚子，「這下子你滿意了吧。」

用豆漿灌飽肚子之後，李光耀依然覺得腦袋昏昏沉沉的，頭腦似乎過熱當機，運轉的速度比平常慢了一半以上。

李光耀嘆了一口氣，苦笑一聲，「我李光耀在籃球場上叱吒風雲，沒想到現在擊敗我的，竟然是一個連球都沒摸過的女生……」

李光耀臉上的苦澀顯而易見，回到房間裡拿了一支藍筆與白紙，寫下：**爸，我今天身體不太舒服，今天球隊的訓練讓我請假**。

寫好之後，李光耀把紙塞進李明正臥室的門縫裡，設好六點的鬧鐘，蓋上棉被，任由大腦被瞌睡蟲攻占。

不到幾秒鐘，李光耀就沉沉地睡著了，呼吸聲變得均勻。

兩個小時後，李光耀醒來，卻覺得好像才剛睡著而已。

李光耀身體雖然還是很累，但至少頭腦感覺比較清醒。他到浴室洗臉刷牙，看著鏡面上自己憔悴的面容，苦笑一聲。

原來這就是愛情……

李光耀梳洗完，走下樓，聞到一陣食物的香味，看到林美玉剛好提著一袋早餐回來，「媽，妳去買早餐？」

「是啊，你今天不練球也不早說，不然我就可以幫你煮早餐了。來，這些是給你的。」

「謝謝媽。」李光耀拿著林美玉買的早餐，到餐桌上大快朵頤。

林美玉拉開椅子，坐在李光耀對面，看著兒子大口吃早餐的模樣，問：「兒子，是不是發生什麼事了，我記得你上次沒去練球是因為發高燒，上上次是腳扭到，這次我看你沒有生病也沒有外傷，怎麼突然請假不去練球？」

聽著林美玉關心的話語，李光耀一時間不知道該怎麼回應。

說實話？自己因為一個女生搞得很憔悴，睡不好，昨天一整天吃不下飯，所以今天全身無力，沒辦法練球。

說謊話？就覺得身體不太舒服，一早起來全身不對勁，可能最近練球練得太凶，偶爾讓自己休息一下也不錯。

實話李光耀真的說不出口，而他從小到大也不是一個擅長說謊的人。一時間，李光耀像是失去說話的能力。

林美玉看著兒子不知道該怎麼開口的模樣，換了一個話題，「你爸之前跟我說你談戀愛了，對方是一個怎麼樣的女孩子？」

這個問題，讓李光耀更是不知道該怎麼開口了。

林美玉看李光耀表情變得更奇怪，又問了一個問題，「你們進展怎麼樣了？」

一連被問了三個問題，李光耀卻一句話都答不上來，只能悶著頭吃早餐。

林美玉笑說：「唉呀，看你這個模樣，擺明就是為情所苦啊，也是，你也到了這個年紀了。」

李光耀整張臉垮下來，「有這麼明顯嗎……」

「當然有啊，你們這個年紀的孩子，能有什麼煩惱，不就課業跟愛情？就算你還有在打籃球，但你跟你老爸一樣有絕對的自信，所以不會是煩惱籃球。即使有煩惱，也只是煩惱自己受傷生病，但是你今天又不是這麼一回事。」

林美玉手一攤，「我也從來沒看過你為了課業煩惱，以刪去法來想，不是籃球與課業，那就是愛情啦。而且看你這種憔悴的模樣，實在太明顯了，全寫在臉上囉。

「來，跟媽說說，是什麼樣的女孩子，竟然可以讓我兒子一臉憂鬱。」

李光耀臉微微一紅，林美玉見狀，驚訝地說：「竟然還可以讓我厚臉皮的兒子臉紅，這個女孩子真的太厲害了。」

「好啦，我肚子很餓，妳等一下，我先把早餐吃完。」

李光耀大口大口地吃完手中的早餐，在林美玉期待的目光下簡短說了他與謝娜之間的事，林美玉專心地聽著，偶爾點頭表示自己有跟上李光耀的思路。

李光耀一講完，苦惱地問：「老媽，妳覺得我該怎麼辦？」

林美玉想了想，說：「其實不難，這個叫謝娜的女生反應這麼大，代表她很在意你，而大部分的女生會希望男生可以主動一點，尤其這件事錯的是你，所以你一定要積極一點。

「昨天她在氣頭上，不管你說什麼她都一定聽不進去，過了一個晚上，她應該已經比較冷靜，你找機會好好跟她談談，真心誠意地道歉，解釋清楚整件事情的經過，然後想個辦法讓她開心，我想她如果真的喜歡你，一定會願意原諒你的。」

「要怎麼做才能讓她開心啊？女生會喜歡什麼東西？花？巧克力？」

「這個問題要問你自己。而且不是每個女生都喜歡花跟巧克力，不過，記住一個原則，老媽讓你無往不利。」

李光耀看林美玉一臉神祕的模樣，「什麼原則？」

「兒子，我告訴你，鑽石與黃金，比不上真誠與真心。女孩子最重視的不是物質，而是心意，展現出你的心意，她會感受到的。」

李光耀點頭，「真誠與真心，心意，好，我知道了。」

林美玉滿意地說：「很好，早餐吃完收一收，換好衣服我載你上課。」

第四章

下午六點，光北高中的球員吃完便當，坐上小巴士往球館移動。

經過林美玉早上的開導之後，李光耀終於回復他原本的模樣，渾身散發自信，雙眼帶著銳氣，舉手投足間讓人難以忽視他的存在。

今天早上，光北隊的隊員發現李光耀缺席球隊訓練時，每個人都露出了驚訝的表情。尤其是練習到一半，所有人都被李明正操得沒力的時候，卻沒有李光耀用言語「激勵」大家撐過去的聲音出現，讓光北隊的隊員覺得練習時好像少了一點什麼東西，渾身不太對勁。

這種感覺在李光耀放學後出現時立即煙消雲散，眾人看到李光耀大步走進教練辦公室，挑了排骨便當，就跟以往一樣靠在走廊的欄杆大口吃飯，鬆了一口氣。

雖然光北隊裡全是一些不服輸的傢伙，可是他們不得不承認，在他們心中，已經把李光耀視為這支球隊的領袖。

不只是因為李光耀超人的實力，更多的是因為李光耀對於籃球的態度。

每一次的練習，不管是進攻或者防守，李光耀總是那個最投入的人，他今天早上的缺席，讓光北高中的訓練陷入一種古怪的氛圍當中。

因為少了李光耀，每個人都覺得自己雖然盡了全力，卻不像之前那樣有突破極限的感覺，甚至還出現了一股不安的氛圍。

少了一個雖然很煩，可是卻會不斷用言語與自身表現督促他們的李光耀，所有人都覺得這支球隊少了一個很重要的東西，卻又說不出來那個東西是什麼。

他們唯一可以確定的是，那個東西一定跟李光耀有關，因為當他們一看到李光耀，那個重要的東西就出現了。

李光耀後腰靠著欄杆，看著一樣吃著便當的隊友，露出一抹詭異的笑容，「今天早上我沒有來練球，你們很開心吧！少了一個史上最強的高中生，應該讓你們多了一點自信，少了一點自卑，而且沒有我一直逼你們，今天的練習你們一定覺得很輕鬆吧。」

聽到李光耀猖狂卻又熟悉的言語，光北高中球員們心中的大石全都放了下來，這樣囂張狂妄的李光耀，才是李光耀。

謝雅淑馬上反擊，雙手叉腰，「我才要問你是怎樣，人好好的也不來練球，怎麼了，該不會是覺得練球太辛苦就不敢來了吧。」

高偉柏語帶挑釁，嘲笑道：「我看你是發現實力已經被我超越，所以想要逃避這個事實吧。」

魏逸凡皺起眉頭，「球隊不是你家，不是你說要來就來，不來就不來的地方。」

詹傑成冷哼一聲，很不客氣地罵了髒話，「靠北，今天就是因為你沒來，全場五對五防守的時候少一個進攻點！」

包大偉立刻附和，「對啊，可以別這麼任性嗎？」

隊中唯一一個高三生，也是最成熟的楊真毅馬上緩頰，「我們是隊友，有事可以說出來，大家可以幫你分擔。」

王忠軍沒有說話，只對著李光耀冷哼一聲。

麥克也沒有說話，但臉上開心的笑容已經是最簡單也最有力的語言。

李光耀笑著，看著自己的隊友，心想，你們真是一群非常不可愛卻又讓人喜歡的傢伙。

「苦瓜哥，那個女生還沒來呢。」蕭崇瑜架設好錄影機，左右觀望，「比賽都快要開始了，難道她今天不來嗎？」

苦瓜斜了蕭崇瑜一眼，「拍你的照，管那個小妮子幹嘛？」

蕭崇瑜拿起相機，「上次我有拍到一張照片，李光耀站在籃球場，那個女生則趴在欄杆上，李光耀看著她，她看著李光耀，兩個人眼裡只有彼此，不是我自誇，那個畫面實在太唯美了。雖然我們雜誌的封面不適合放這種照片，可是我覺得這就是高中籃球應該有的畫面，太青春了！

「說到封面，苦瓜哥，我們雜誌創立以來，封面有放過除了 NBA 球星之外的照片嗎？」

苦瓜說：「有，Allen Iverson，當他宣布他要棄學參加 NBA 選秀會的時候，那個月封面是他。」

蕭崇瑜反駁道：「那不算啊，Allen Iverson 是選秀狀元，而且他在大學時期早就吸引了無數 NBA 球探的注意。」

苦瓜很確定地說：「那就沒有。」

蕭崇瑜把鏡頭與機身結合，開始拍攝在場下練球準備比賽的光北與瑛大附中球員，「太可惜了，如果《籃球時刻》的封面是一個台灣球員，感覺應該棒透了。」

苦瓜嗤笑一聲，「很難，就連當年陳信安挑戰 NBA 都沒有被選為封面了，當今台灣球員要成為封面人物，根本不、可、能。」

蕭崇瑜聽到苦瓜這麼一說，放下手中的相機，「所以只要有球員做到我們認為『不可能』的事，就會入選為封面人物，對吧？」

苦瓜愣了一下，不過蕭崇瑜這種說法基本上是對的，便同意地點頭，「嗯，這麼說沒錯。不過縱觀這三十年來才出現那麼一個陳信安，要等到下一個陳信安不知道要到什麼時候。」

蕭崇瑜把相機對著正在觀看球員練球的李明正，啪嚓一聲，「如果當年李明正沒有受傷，帶領光北擊敗如日中天的啟南高中的他，應該有機會成為我們的封面人物吧。」

苦瓜又愣了一下，眼神中頓時出現了複雜的情緒，「當然，如果當年李明正沒有受傷，應該有機會，可惜，一切只是如果。」

蕭崇瑜皺起眉頭，「是嗎?可是我怎麼覺得場上有一個球員，就有可能辦到當年李明正沒有做到的事情，然後成為我們《籃球時刻》史上第一個非 NBA 球星的封面人物。」

苦瓜眼睛為之一亮，他當然知道蕭崇瑜說的人是誰。若是李光耀的話，確實是有可能成為第一個非 NBA 球星的封面人物。

畢竟他身體裡，流著那個人的血。

就在這時，底下傳來嗶的一道尖銳哨音，裁判用手勢示意兩邊球員上場。上場之前，謝雅淑按照慣例跳了出來。

「隊呼！」

謝雅淑高高舉起右手，其他人把她當作中心，團團圍繞著，伸出手靠在謝雅淑的手上，形成一個圓圈。

謝雅淑大喊：「光北！」

「加油！」

「光北、光北！」

「加油、加油！」

「光北、光北、光北！」

「捨、我、其、誰！！！」

光北高中第一節先發陣容，禁區鋒線，麥克、楊真毅、魏逸凡；後場組合，詹傑成、包大偉。

瑛大附中的先發陣容也維持不變，仍是一路打到四強的最強先發陣容。

裁判見兩邊球員已經站好，對紀錄台微微點頭示意，輕吹哨聲，將球高高拋起。

麥克與瑛大附中的中鋒同時往上跳，不過麥克的彈跳力與彈跳速度略勝一籌，搶先在中鋒之前把球往後撥。

在李明正賽前的指示之下，麥克今天的跳球沒有把球往前拍，反而是往後撥，整個光北的站位也做了改變，麥克後方站了詹傑成、包大偉，前方則是魏逸凡、楊真毅，一反常態。

這是因為李明正認為今天的對手瑛大附中，實力是光北目前遇到的對手中最強大的，所以比起一開始就跳球搶攻，不如穩紮穩打比較妥當。

麥克順利把球往後撥，詹傑成退幾步將球拿下，快步運球過了半場，「好，打一波！」

詹傑成左手運球，右手高高舉起，比出暗號。

一看到詹傑成比出的暗號，光北隊員馬上動了起來，楊真毅上到罰球線，通常詹傑成會把球交給楊真毅處理，因為光北在乙級聯賽一直以來都有著禁區的優勢，所以只要把球交給楊真毅，楊真毅與魏逸凡的連線在大部分情形下都可以為光北帶來貢獻。

只不過今天光北在禁區的優勢並不明顯，瑛大附中禁區有兩個一百九十公分以上的長人，如果現在在場上的是高偉柏而不是缺乏進攻能力的麥克的話，詹傑成會把球交給楊真毅，不過就現在場上的陣容，他做出了不一樣的選擇。

詹傑成收球，眼神一閃，地板傳球，讓球從瑛大附中大前鋒的胯下穿過，所有人的視線跟著球往後一看，發現包大偉利用魏逸凡的單擋掩護開後門，接到詹傑成的傳球，輕鬆上籃取分。

光北隊率先得分，比數，二比零。

瑛大附中的總教練看到詹傑成這個助攻，輕輕嘖了一聲。

賽前他對球員說要特別注意光北高中的兩個前鋒，可是偏偏五十五號的控球後衛好像猜透了他的想法，竟然利用開後門的戰術取分。

瑛大附中的總教練雙手交叉放在胸前，看著回防的詹傑成，心想，這個控球後衛，雖然得分跟防守都不太行，但是傳球倒是有幾把刷子，難怪光北的教練要把他放上先發。

球權轉換，雖然在詹傑成的精彩助攻之下被光北先取得兩分，可是瑛大附中的球員沒有受到任何影響，控球後衛接過中鋒的底線發球，運球過半場。

昨晚練球時，楊信哲特別提醒光北球員們瑛大附中的兩名後衛都具有不錯的進攻能力，控球後衛擅長外線投射，得分後衛擅長切入，於是詹傑成站前兩步，預防控球後衛突然拔起來跳投。

控球後衛看穿詹傑成防守的意圖，毫不猶豫往右邊切，詹傑成往後退，想要擋下控球後衛的切入，不過就跟詹傑成所知道的一樣，控球後衛擅長的是跳投。

一個運球之後，控球後衛拔起來跳投出手，球落在籃框內緣，直接彈進。

控球後衛帶一步跳投命中，比數二比二。

球權轉換，魏逸凡撿起球，走到底線外把球傳給詹傑成。

詹傑成直接把傳來的球往下拍，開始運球，過了半場後高高舉起手，讓每個人都可以看清楚他比的暗號。

光北隊很快動了起來，楊真毅上中，包大偉空手往底線切，魏逸凡幫包大偉卡位，麥克則站到禁區外面預防籃下三秒。

剛剛被包大偉開後門上籃得手，這一次瑛大附中不想犯下同樣的錯誤，大前鋒與沉退到禁區的得分後衛同時追著包大偉，不過兩人在這一次的防守當中沒有溝通好，把注意力放在包大偉身上，卻漏了進攻能力更強大的魏逸凡。

看到魏逸凡出現空檔，詹傑成馬上把球交給他，當大前鋒發現自己漏了魏逸凡，要回頭防守時已經來不及。

唰！

魏逸凡中距離跳投得手，幫光北隊再添兩分，比數四比二。

瑛大附中的總教練對於球隊目前為止的防守非常不滿，生氣地在一旁大喊：「防守要講話！」

場上，瑛大附中的中鋒底線發球給控球後衛，運球過半場之後，馬上針對詹傑成攻擊。

賽前，瑛大附中的總教練特別提醒球員，光北高中的五十五號控球後衛防守不強，可以當作主要攻擊對象。

控球後衛肩膀一沉，一個跨步就突破詹傑成的防守，看到禁區的麥克已經準備出來補防，小球交給禁區鋒線中進攻能力最強的小前鋒。

小前鋒順利接到球，下球往右切，一個運球之後往左轉身，收球空中橫移跳投出手。

小前鋒的動作速度很快，但當他出手投籃的瞬間，楊真毅的大手卻出現在他眼前，小前鋒因此嚇了一跳，身體協調性被打亂。

小前鋒出手遲疑，節奏感跑掉，造成這一顆球落在籃框上彈了出來，麥克立即發揮驚人的爆發力與彈跳力，把這顆籃板球牢牢地掌握在手裡，見到瑛大附中退防，把球傳給詹傑成。

詹傑成運球過半場，再次比出了同樣的暗號，不過這一次瑛大附中在場上確實做好了溝通，沒有讓包大偉跑出空檔，讓光北在這一波進攻當中沒有辦法靠跑位出現空檔的出手機會。

詹傑成在進攻時間快到的情況之下選擇把球交給楊真毅，而楊真毅很快又把球交給進攻能力最強的魏逸凡。

魏逸凡發揮出靈巧的進攻腳步，面對兩人包夾，收球後仰跳投出手，擦板進籃，個人連得四分，比數六比二。

被光北拉出一波四比零的攻勢，瑛大附中的球員依然鎮定。在下一波進攻當中，控球後衛把球交給得分後衛，再次攻擊詹傑成這個弱點。

詹傑成盡力防守，卻還是被得分後衛突破，魏逸凡連忙補防，得分後衛卻趁機小球交給中鋒。

麥克想要抄球但慢了一步，中鋒接到球根本無人防守，毫無壓力，輕鬆地籃下投籃，打板得分，比數六比四。

李明正見到麥克的防守，在場邊大喊，「麥克，用腳去防守，不要用手！」

麥克緊張地對李明正點頭，說道：「是！」

球權轉換，楊真毅撿起球，站到底線外發球給詹傑成。

詹傑成運球過半場，而在這第四波進攻中，他又比出一樣的戰術手勢。

場邊的瑛大附中教練心想，這個控球後衛不是膽大心細，就是太過自以為是。

詹傑成將球交給上中的楊真毅，楊真毅這一次選擇自己出手，不過中距離跳投沒進。瑛大附中的大前鋒高高跳起，抓下籃板球，落地後馬上把球傳給控球後衛。

控球後衛運球往前衝，想找尋快攻的機會，但光北回防的速度很快，讓他只能選擇慢下腳步等待隊友。

其他四名隊友過來之後，控球後衛面對詹傑成的防守，突然在三分線外拔起來跳投，力道卻過大，球落在籃框後緣遠遠彈出來，變成長籃板球。

幸運的是，籃板球被隊友小前鋒接到，面前無人防守，直接跳投出手，正面打板進籃，追平比數，六比六。

球權轉換，詹傑成帶球過半場，又比出了一樣的戰術，不過這一次他並沒有把球傳出去，而是在三分線外突然運球切入，突破控球後衛的防守，吸引小前鋒的補防，做出傳球假動作，讓小前鋒因為害怕楊真毅會有空檔投籃機會而退回去後，拔起來跳投出手。

不過詹傑成投籃就是不穩，這一次出手力道過大，球落在籃框上彈出來，麥克與瑛大附中的中鋒與大前鋒在空中撥球，結果卻把球撥出來。

小前鋒眼明手快地跳起來把球搶了下來，帶球往前衝，控球後衛與得分後衛跟著奮力狂奔。

包大偉與詹傑成是光北高中唯二來得及回防的人，瑛大附中發現情況是有利的三打二快攻，更是加快節奏，小前鋒運球對著包大偉衝過去，吸引包大偉的防守，把球傳給得分後衛，讓切入能力出色的他可以突破詹傑成的防守上籃得分。

不過防守判斷力有十足進步的包大偉，看穿了小前鋒的意圖，手一攔，把球抄下來，一個人帶球往前衝，在前場反而形成了四打二的絕對優勢。

包大偉單刀直入往禁區的心臟地帶切，吸引大前鋒的防守。他把球傳給魏逸凡，讓後者可以輕鬆上籃得手。

光北反快攻得手，比數八比六。

包大偉精彩的抄截讓謝雅淑從板凳上跳起來，「包大偉，好球！」

包大偉對謝雅淑比了大姆指，隨即專心在球賽上。

「包大偉的防守越來越強，判斷對手下一步的能力也越來越好。」蕭崇瑜放下手中相機，用機背的三吋螢幕觀看剛剛補捉到的影像。讓他很滿意的是，他完美拍到了包大偉抄到球的瞬間。

「由此可見李明正給這些球員的訓練有多紮實，對於包大偉、詹傑成、王忠軍、麥克來說，他們一定經過了一段非常辛苦的時間，才能夠跟李光耀、高偉柏、魏逸凡、楊真毅互相配合。雖然很明顯他們的實力依然存在不小的落差，不過在防守這一塊，至少他們已經以很快的速度追了上來。」苦瓜看著努力防守的包大偉，點頭讚賞道。

第一節比賽當中，詹傑成發揮穿針引線的能力，單是第一節就傳出了五次助攻，楊真毅與魏逸凡得以在自己最舒服的位置拿球，用自己最擅長的方式取分。

光北內線禁區攻勢打開之後，瑛大附中注意力過度集中在楊真毅與魏逸凡身上，讓包大偉甚至詹傑成有機可乘，兩人合力為光北貢獻六分，而楊真毅、魏逸凡、麥克則是提供了十二分。

瑛大附中雖然在防守端無法阻止光北得分，可是進攻端比起光北不遑多讓，得分後衛頻頻利用詹傑成這個點突破防守，吸引補防之後把球塞給小前鋒，或者把球傳給外線埋伏的控球後衛。

第一節比賽，雙方戰成平手，比數十八比十八。

第二節比賽前的休息時間，李明正看著自己的球員，指派道：「第二節，偉柏換麥克，光耀跟忠軍上，跟之前一樣把攻勢集中在內線，禁區打開了，這場球賽就輕鬆多了。」

「是，教練！」

李光耀脫下身上的長袖衣服，丟在自己的椅子上，站上場，輕輕跳了跳，感受球場的彈性。抬頭往上一看，發現觀眾席上只有苦瓜與蕭崇瑜，李光耀臉上微微露出失落的表情，而這個表情正好被蕭崇瑜手中的相機捕捉到。

「看來李光耀很在意那個女生。」蕭崇瑜把剛剛拍到的照片給苦瓜看。

苦瓜看了一眼，把相機還給蕭崇瑜，「希望不會影響到他的表現才好。」

場上，沒有見到謝娜身影的李光耀甩甩頭，把思念的情緒甩出腦袋——李光耀，你傻了嗎？她今天怎麼可能會過來看球賽，你都還沒跟她好好道歉。

李光耀決定把全部的力量集中對付眼前的敵人，場外的事情等到比賽結束之後再說。

今天早上聽了林美玉的開導後，李光耀雖然知道想要讓謝娜原諒他，他就必須要真心誠意地道歉，但到了學校卻還是提不起勇氣到一年七班去，就怕謝娜氣還沒有消，看到自己火又上來。

於是李光耀把道歉的事情自主延後一天，想等到明天早上再解決。

隨著裁判哨音響起，第二節比賽開始，李光耀把個人的事情放到一邊，專注在場上。

第二節比賽，瑛大附中陣容調換幅度很小，除了中鋒換上替補球員外，場上全是第一節的先發陣容，藉此表現出瑛大附中對於這場比賽以及光北的重視。

曾經是甲級聯賽一員的瑛大附中，如今靠著穩固的球風走到了四強的位置，昔日的輝煌彷彿就在眼前等著他們，錯過這一次機會不知道要再多等幾年，只要再打贏兩場比賽，他們就可以向世人宣告：「我們回來了！」

帶著這樣的企圖心與雄心壯志，瑛大附中全隊上下充滿鬥志，誓言要在決賽與向陽高中一決雌雄。

不過在這之前，他們必須要先擊敗眼前這今年才剛創立，卻擁有著令人無法想像的韌性與實力的光北高中。

在第二節比賽一開始，瑛大附中就展現出贏得這場比賽的鬥志與決心，控球後衛與得分後衛接連利用王忠軍這個防守黑洞得分。

第二節開始一分鐘，光北被打出一波四比零的攻勢，比數十八比二十二。

被瑛大附中當成了軟柿子，王忠軍緊繃的表情反應出心裡的情緒，而李光耀很快給了王忠軍還以顏色的機會。

在接下來的進攻當中，李光耀持球單打，利用高偉柏的單擋掩護往禁區切，吸引了瑛大附中所有球員的注意力後，他將球傳給了左側三分線外的王忠軍。

在最舒服也是命中率最高的地方接到球，王忠軍當然不會客氣，立刻拔起來出手，感受到球皮的顆粒與手指摩擦的感覺，王忠軍閉上了雙眼，高高舉著右手。

唰，天堂之音響起。

王忠軍三分球進，幫助光北追近比分，二十一比二十二。

球權轉換，瑛大附中貫徹戰術，針對王忠軍攻擊，控球後衛切入突破他的防守，讓光北縮小防守圈之後，把球傳給右邊側翼的得分後衛。

得分後衛膝蓋彎曲，已經做好一接到球就跳投的準備，此時一道人影衝了出來，李光耀看穿控球後衛的傳球意圖，直接把這球攔截下來，一個人運球往前場衝。

李光耀的速度飛快，瑛大附中唯一來得及回防的只有控球後衛，可是控球後衛所能做到的也只有跟在李光耀身後跑，希望自己的存在會影響到李光耀的出手。

不過李光耀彷彿當控球後衛不存在一樣，直接收球兩步上籃，完成一次簡單的快攻。

瑛大附中開局所打出的氣勢，在王忠軍的三分球與李光耀的抄截上籃下蕩然無存，不過現在已經是四強賽，瑛大附中早已做好這將是一場艱難戰役的心理準備，並沒有因為這樣就影響到團隊的士氣。

球權轉換，在李光耀的抄截影響下，瑛大附中這一次更加小心翼翼地處理球，控球後衛比出暗號，隊友們動了起來，不過現在光北場上的陣容在防守上十分堅強，唯一可以被稱為弱點的就只有王忠軍，因此戰術跑到最後，控球後衛還是找了王忠軍作為突破的點。

控球後衛首先突破王忠軍的防守，不等補防到位，馬上把球傳給在右側底的小前鋒，帶一步跳投出手，空心進網！

瑛大附中比數再次壓過光北，二十三比二十四。

球權轉換，李光耀把球運到前場之後，選擇把球交給上中的楊真毅，讓楊真毅處理這次進攻。

楊真毅在罰球線的位置拿到球，以左腳為軸心轉身面對防守者，看了禁區卡位的高偉柏一眼，在防守他的小前鋒還來不及反應的情況下，突然拔起來跳投出手。

唰！

球空心入網，楊真毅中距離得手，幫助光北奪回領先，短短不到三分鐘時間，兩隊互換領先高達四次，比數二十五比二十四。

球權轉換，瑛大附中的控球後衛接過中鋒的發球後快速過半場，比出戰術的暗號，接著把球塞給中鋒，不過中鋒很快就發現自己沒有機會從高偉柏的頭上拿分，連忙把球傳回給控球後衛，後者又立刻把球傳給得分後衛。

得分後衛運球往右切，一個跨步就擺脫王忠軍的防守，面對楊真毅的補防，硬是運球往裡面頂，不過卻被楊真毅擋住，下意識收球，卻一時找不到傳球對象，這時場邊的哨音響起。

裁判高舉右手，左手指著楊真毅，「光北隊三十三號，阻擋犯規！」

楊真毅雙手抱頭，不敢置信。當哨音響起的剎那，他以為裁判是要吹得分後衛走步，沒想到竟然是吹自己阻擋。

身為隊長的謝雅淑，馬上站起來鼓勵楊真毅，「沒關係，剛剛補防的時機點抓的非常好，繼續加油！」

場上，因為楊真毅犯規時得分後衛沒有出手動作，所以並沒有獲得兩罰機會，而是發邊線球。

得分後衛站到邊線外，傳給過來接應的控球後衛。

控球後衛接到球，地板傳球給罰球線右側的小前鋒，得分後衛這時突然間從場外空手切進禁區。

光北一時間沒人注意到底線漏人，得分後衛接到小前鋒的傳球，打板上籃得手。

比數二十五比二十六，在短短三分鐘之內，雙方互換領先五次。

瑛大附中的表現讓吳定華出現一絲不安的情緒，走到李明正身旁，「瑛大附中的實力，比我們想像的還強。」

李明正沒有回頭，眼睛看著場上的球員，淡淡地說：「瑛大附中也是一路打上四強的球隊，實力強很正常，鎮定一點，現在才第二節比賽中段而已。」

李明正話一說完，李光耀把球塞到籃下，高偉柏在禁區心臟地帶拿到球，面對中鋒與大前鋒的包夾防守，沒有把球傳出去，反而橫衝直撞地硬是在中鋒與大前鋒頭上出手，球進，同時場邊哨音響起。

「瑛大附中四十七號，打手犯規，球進算，加罰一球！」

高偉柏右手握拳，對著虛空一揮，表現出自己心中的振奮，大步走到罰球線想要為球隊多添一分。

裁判見兩邊球員站好，地板傳球給高偉柏，「罰一球。」

高偉柏拿著球，深呼吸，彎曲膝蓋，按照平常練習的節奏把球投出，不過在比賽中與練習時投罰球有著根本上的不同，那就是心理壓力。

罰球練習的時候，心理層面是放鬆的，所以命中率可以很高，但是在比賽中卻不是這麼一回事，高偉柏感受到瑛大附中球員銳利的目光，一副等著搶籃板的模樣，好像在對他說：「你一定投不進，不要浪費時間了，趕快投，讓我們可以搶籃板！」

在罰球線上，雖然面前沒有任何人防守，可是高偉柏內心其實正努力抵抗著瑛大附中所帶給他的心理壓力。

將球投出的瞬間，高偉柏手指抖了一下，心裡覺得不妙，知道這一球一定不會進，馬上大喊：「籃板球！」

就如高偉柏所想，球落在籃框前緣彈了出來，雖然高偉柏已經提醒隊友，不過瑛大附中的中鋒與大前鋒早就在禁區卡好位。

大前鋒搶下籃板球，前場傳來得分後衛的大喊聲：「傳！」

大前鋒想都沒想，單手把球甩向前場，偷跑的得分後衛在右側三分線接到球，立刻切入籃下想要上籃取分。

得分後衛收球準備完成一次輕而易舉的快攻上籃，這時卻有一道人影從後面飛上。

李光耀用非比尋常的速度追上得分後衛，眼睛盯著他手上的球，抓準他的出手時機，右手重重一揮，狠狠地把球拍到場外，送給得分後衛一個大火鍋！

李光耀即時回防，利用一記精彩的火鍋帶起光北的氣勢，場邊的謝雅淑立即跳了起來，對李光耀大喊：「李光耀，這個火鍋太漂亮了！」

李光耀看著謝雅淑，露出驕傲的表情，「當然！」

然而，光北卻無法把高漲的氣勢延續下去，被蓋火鍋的得分後衛隨後利用高難度的轉身後仰跳投，在楊真毅的頭上把球投進，除了在比數上再度超過光北之外，也穩住本身的氣勢。

比數二十七比二十八，雙方又互換領先。

接下來，楊真毅又在下一波進攻以同樣的轉身後仰跳投還以顏色，比賽徹底變成拉鋸戰，到目前為止，雙方都沒有辦法把比數拉開到五分以上。

直到再下一波進攻。

瑛大附中的攻勢被光北高中守了下來，大前鋒的小拋投被高偉柏蓋掉，雖然被拍出的球被得分後衛撿到，不過大空檔的中距離出手竟然彈框而出，籃板球被魏逸凡抓下來。

「給我！」李光耀拍手向魏逸凡要球，想以最快的速度打得瑛大附中措手不及。

不過當李光耀拿到球的時候，瑛大附中已經全數回防，讓他改變主意，選擇慢下腳步，「好，穩穩打一波！」

李光耀運球過半場，心想現在是把比數拉開的好機會。

自信非凡的李光耀，決定自己出手。

李光耀運球靠近弧頂三分線，面對控球後衛的防守，重心壓低，一個跨步就擺脫控球後衛。

李光耀切入速度之快，讓場上瑛大附中的球員嚇了一跳，三個禁區球員連忙衝回禁區，見此，李光耀改變主意，不再自己強攻，把球轉移到三分線外的王忠軍。

王忠軍在左側三分線外接到球，立刻跳投出手。

落地後，王忠軍右手高舉，維持出手姿勢，雙眼閉了起來。

見到王忠軍這個模樣，李光耀心想，這小子在投三分球的時候，竟然比我還要自信！

正當李光耀這麼想的時候，一道清脆的唰聲響起。

李光耀看到王忠軍睜開雙眼，露出滿足的模樣，嘴角不禁勾起一絲笑容——

我的隊友真是一群很特別的傢伙。

王忠軍三分球進，幫助光北微微拉開比分，比數三十二比二十八。

瑛大附中的總教練嗅到了一絲不妙的味道，心裡有些緊張，而接下來發生的事，更讓他焦躁不已。

控球後衛運球過半場，感受到光北散發出來的氣勢與壓迫感，把球交給得分後衛，讓得分後衛從王忠軍這個點突破光北的防守。

結果，整場比賽被過假的王忠軍，竟然擋下了得分後衛的切入！

得分後衛不敢置信，因而犯下一個錯誤，過早收球。

得分後衛連忙把球傳回給控球後衛，只不過瑛大附中這一波進攻從這一刻起，節奏徹底大亂。

控球後衛拿著球，指揮隊友跑位，但是進攻時間所剩不多，最後只能將球交給場上的靈魂人物，小前鋒。

小前鋒一拿到球就往左切，卻未能擺脫楊真毅的防守，被緊緊貼著。高偉柏也快速衝上來包夾，小前鋒為了避免被蓋火鍋，勉強做出高難度的後仰跳投出手。

雖然順利躲掉高偉柏的大手，但小前鋒這一次出手徹底偏移，球落在籃框側緣彈出，籃板球被魏逸凡拿下來。

此時，瑛大附中的總教練大步走向紀錄台，「暫停！」

因為場上沒有死球狀態，裁判沒辦法立刻喊停。

場上，魏逸凡把球傳給李光耀，讓他處理這一波進攻。

李光耀快步過了半場，左手運球，右手舉起，由左往右一揮。

這一次，李光耀真的不打算把球傳出去了。

瑛大附中的總教練知道光北擺明就是要讓李光耀單打，在場邊大喊：「要補防！」

就在這個瞬間，李光耀發動攻勢，身體一沉，運球往右切，第一步爆發出來，直接突破得分後衛的防守，眼角餘光看到小前鋒的補防過來，收球，把球高高往上一拋。

小前鋒完全跟不上李光耀的出手速度，雙腳彷彿被釘在地板上，眼睜睜地看著球往籃框落下，心裡浮現出不好的預感。

唰！

球空心入網，李光耀高拋投得手，幫助光北取得開賽到目前為止最大的領先優勢，比數三十四比二十八。

在第二節比賽的後半段，光北在氣勢上壓過瑛大附中。

雖然瑛大附中在暫停過後回敬了一顆三分球，多少穩住局勢，不過因為先發球員上場太久，體力流失嚴重，即使之後狂攻王忠軍，也沒收到太多成效。

兩節比賽打完，瑛大附中拿了三十九分。

反觀光北，因為場上的李光耀、王忠軍、高偉柏都是在第二節上場的球員，所以體力相當充足。王忠軍在外圍開火，高偉柏、魏逸凡則主宰禁區。

在第二節最後三分鐘，魏逸凡突然大爆發，個人連拿八分，完全打亂瑛大附中的防守節奏，與王忠軍、高偉柏合力，又共同為光北提供了十五分。

第二節比賽結束，比數四十九比三十九，光北將領先擴大到十分。

中場休息時間，苦瓜到便利商店買了一杯熱騰騰的拿鐵。回到球館坐下時，中場時間剛結束，第三節比賽開始。

瑛大附中派上全先發陣容應戰，光北則是以詹傑成、包大偉、高偉柏、楊真毅與麥克的組合應戰。

第三節第一波球權掌握在光北隊手裡，詹傑成接過麥克的界外發球，運球過半場。

高偉柏展現出積極，立刻在禁區卡位舉起手要球，不過詹傑成卻沒有給，舉起手比出戰術的手勢。

面對十分的分差，瑛大附中的先發球員想要盡快把落後的分數追回來，防守非常積極，讓光北沒辦法順利靠跑位出現空檔，詹傑成於是把球交給上中的楊真毅。

楊真毅在罰球圈頂端接到球，轉身直接往禁區切，一個運球後做出投籃假動作，在防守的小前鋒完全反應不過來的時候，傳出一個漂亮的地板傳球給底線空手切的包大偉。

可惜的是，小前鋒雖然跟不上楊真毅的節奏，但瑛大附中的大前鋒卻注意到包大偉的動向，手往下一撈，直接把球抄走。

楊真毅用力拍手，十分扼腕，同時往後場快跑回防。

瑛大附中發動快攻，大前鋒把球傳給運球能力最好的控球後衛，後者強硬地直接往禁區切，故意靠在詹傑成身上，場邊哨音頓時響起。

「光北五十五號，打手犯規！」

詹傑成立刻舉起手，為了阻止控球後衛上籃，他確實下手了，而且下手的時機點很正確，是在控球後衛收球前的犯規，所以沒有讓瑛大附中賺到兩罰。

然而，控球後衛隨後似乎就是鐵了心要在詹傑成頭上拿分，接到隊友的邊線發球之後，直接在詹傑成面前出手三分球。

詹傑成回頭看，見到球落在籃框內緣直接彈進去。

控球後衛三分球進，比數四十九比四十二，雙方比分差距拉近到七分。

「好球！」瑛大附中的板凳球員，站起來喝采。

瑛大附中的總教練則是不敢鬆懈地叫喝道：「回防！好好守一個！」

場上，詹傑成快步帶球過半場，高偉柏又在禁區卡位要球，但是詹傑成還是比出了暗號的手勢。

高偉柏覺得洩氣，不過還是按照詹傑成比出的戰術來跑位。

場邊的瑛大附中總教練發現詹傑成比出了與第一節比賽一模一樣的戰術，整場比賽打到現在，只要是詹傑成控球，光北從頭到尾都打同一套戰術。

瑛大附中的總教練看著詹傑成，心想，這個控球後衛不是太過狂妄，就是只有這一千零一招了。

詹傑成在這波攻勢中還是把球交給楊真毅處理，楊真毅則立刻地板傳球給高偉柏。

高偉柏接到球很興奮，即使面對包夾，還是想要立刻進攻籃框，下球往禁區切，不過或許就是因為太興奮，場邊哨音響起。

「光北二十一號，走步違例！」

高偉柏不敢置信地瞪著裁判，對這個判決感到憤怒，認為在下球的時候大前鋒打到他的手，這個哨音應該要給瑛大附中的打手犯規才對。

如果是以前的高偉柏，會直接表達對判決的不滿，不過來到光北之後，高偉柏的情緒管理慢慢顯露出進步，沒有多說什麼，直接把球交給裁判。

而高偉柏的改變來自於李明正對他說過的一段話——

「你想要成為球隊裡的領導者，就必須改善你的脾氣。這麼說好了，你認為你這樣的脾氣，可以成為一個讓人想要跟隨的領導者嗎？」

剛開始高偉柏覺得很不平衡，可是當練球結束，靜下心來好好思考以後，高偉柏知道李明正是對的。從那次之後，他就告訴自己，想取代李光耀在光北的地位，一定要先控制住脾氣。

場上，控球後衛運球過半場，看著隊友不用他指揮就開始跑位，把球高吊給小前鋒。

小前鋒面對楊真毅的防守，連續做了幾次試探步與晃肩之後，運球堅決地往左切，靠在楊真毅身上爭取切入的空間。

小前鋒強硬地靠在楊真毅身上，即使高偉柏過來協防也沒有傳球，眼神閃過堅定的意志，收球跨步，頂住楊真毅，把球高高往上一拋。

尖銳的哨音傳來，裁判指著楊真毅，「光北三十三號，阻擋犯規！」

「我沒有犯規啊。」楊真毅露出激動的表情，眼睛看著球在籃框上彈了好幾下之後，滾進去。

「進球算，加罰一球。」

楊真毅雙手叉腰，感到無奈至極。

第五章

瑛大附中為小前鋒的進算加罰感到振奮，不過小前鋒的罰球命中率一向不是太高，這一次罰球力道過大。

麥克發揮出逐漸成熟的卡位技巧，抓下彈出來的籃板球，傳給詹傑成。

詹傑成運球快步過半場，第三節比賽開始才一分多鐘，瑛大附中已經連追了五分，讓他心裡出現危機感。

似乎是感受到詹傑成的焦躁，李明正此時在場邊大喊：「別著急，穩穩打就好！」

李明正的話讓詹傑成心裡略微安心，而自認是場上最強得分手的高偉柏再次在禁區卡位，向詹傑成要球。

這一次詹傑成也沒有要比出戰術暗號的意思，蹲低身體，想要地板傳球給高偉柏。

瑛大附中看準詹傑成的意圖，大前鋒與中鋒蠢蠢欲動，打算等到高偉柏一接到球就包夾他，迫使他再發生失誤。

然而，詹傑成眼睛看向高偉柏，手卻將球往上一拋。

球高高飛起，越過了高偉柏的頭頂，瑛大附中頓時升起一股不妙的感覺，不過已經太遲了。

高大的黑影就像火箭般向上升空，這一刻，大家終於知道詹傑成只是把高偉柏當作吸引注意力的誘餌，實際傳球的對象是麥克。

麥克高高跳起來，雙手接到球，發現籃框就近在眼前，深怕落地會被抄球的他，直接把球往籃框裡面塞進去。

砰！

巨響傳來，麥克雙手把球灌進，與詹傑成合力完成一次精彩的空中接力灌籃。

這一記灌籃，直接把瑛大附中高漲的氣勢壓下。

比數五十一比四十四，雙方比數回到七分差。

場邊的瑛大附中總教練看到詹傑成漂亮的助攻，暗自咬牙，心想，才覺得這個控球後衛變不出什麼把戲而已，竟然馬上傳出這種助攻。

這一記傳球，也讓場邊的隊友全部跳起來大喊：「詹傑成，好球，傳的太漂亮了！」

詹傑成與麥克擊掌之後，對著板凳區比出了大姆指。

好不容易打出一波五比零的攻勢帶起士氣，卻在詹傑成的妙傳助攻下被澆熄，瑛大附中急於回擊，但是這一次進攻，小前鋒想要再次硬切楊真毅，結果卻是完全相反。

楊真毅完全跟住小前鋒的切入節奏，在他右手準備放球的時候，賞給他一個大火鍋！

「好球！」場外的謝雅淑不禁叫出聲來。

被楊真毅蓋下的球讓高偉柏撿到，他右手將球往後拉，想用力地把球傳給早已往前場偷跑的包大偉，瑛大附中中鋒卻在此時衝了過來，阻止高偉柏的長傳。

「球！」見到高偉柏沒有在第一時間把球傳出去，瑛大附中又有三名球員回防，詹傑成知道已經沒辦法打快攻，便向高偉柏要球。

接到球之後，詹傑成高舉右手，用宏亮的聲音喝道：「打一波。」把球帶過半場，再次比出一樣的戰術手勢。

瑛大附中的總教練見到詹傑成的手勢，心裡冷哼一聲，隱隱升起怒火，「又是一樣的戰術，到底有多小看我們。」

場上四名隊友這時也覺得奇怪，怎麼詹傑成從頭到尾都使用同一套戰術，不過大家還是選擇相信詹傑成，按照平常的戰術跑位。

楊真毅從禁區要跑到弧頂，但是還沒跑到罰球線，詹傑成就把球傳給他。詹傑成在傳球之後，立刻加入包大偉空手切的行列，一左一右從三分線外往禁區切。

兩人完全吸引了瑛大附中所有的注意力，楊真毅反應很快，沒有放過這個好機會，直接拔起來跳投出手。

球劃過美妙的拋物線，唰的一聲，空心破網。

楊真毅跳投得手後，比數拉開到五十三比四十四，九分的差距。

「苦瓜哥，楊真毅的中距離真的好穩，雖然打法不花俏，可是看他打球真是一種享受。」上一次沒有補捉到麥克的空中接力灌籃，這一次蕭崇瑜漂亮地拍下楊真毅跳投的英姿。

「所以李明正才一直沒有把他換下來。」

經苦瓜這麼一說，蕭崇瑜才赫然想起楊真毅整場比賽到目前為止都沒有下場休息過，皺起眉頭，「李明正該不會要讓楊真毅從頭打到尾吧？」

「應該不會，李明正可能等一下就會把他換下去了。不過光北的禁區真的很需要他，他就等於是禁區的潤滑劑，可以進攻也可以助攻。」

蕭崇瑜點點頭，「原來如此，這麼說來，光北運氣還真好。」

「嗯？」苦瓜好奇為什麼蕭崇瑜會突然有這樣的想法。

「楊真毅自從國中聯賽之後就沒有繼續打籃球，現在卻可以有這樣的表現！如果當初他繼續打下去的話，現在應該是台灣高中最強的前鋒之一，只能說光北運氣真的很好，學校裡面竟然藏有楊真毅這樣的球員。」

苦瓜看著底下努力奮戰的光北隊，淡淡地說：「或許神也是偏心的，所以才會特別眷顧光北高中。」

在蕭崇瑜與苦瓜說話的同時，瑛大附中的控球後衛單打詹傑成，從右側三分線外硬切，在右側罰球線的地方收球，做一個投籃假動作把詹傑成晃起來，接著後仰跳投出手。

唰！

控球後衛中距離得手，死死糾纏住光北，就是不讓光北把差距拉開，比數五十三比四十六。

然而詹傑成隨後把球交給高偉柏，後者在禁區橫衝直撞，又把差距拉開。

第三節比賽一開始，瑛大附中努力想要打出攻勢追上比數，但是光北也發揮出十足的韌性，每次瑛大附中想要把比數壓過去時，總可以適時的回敬一波攻勢回去，始終保持一定的領先優勢。

在第三節比賽剩下四分多鐘的時候，瑛大附中喊出暫停，因為總教練發現場上的先發球員開始顯露出疲態，必須讓球員喘口氣。

「大家加油，我們狀態很好，繼續保持下去，是很有機會能夠拿下這一場比賽。」趁著暫停的時間，瑛大附中的總教練鼓勵球員。

「待會防守特別注意光北的控球後衛，看緊他，不要給他輕鬆傳球的機會。光北的內線體力撐不住了，剛剛連續幾球都沒有投進，大家再加把勁，離第三節結束還有四分多鐘，你們一定可以把比分壓過去！」

另外一邊，光北高中。

「瑛大附中幾乎是同一套陣容在打，體力下滑得很明顯，他們叫這個暫停絕對是為了讓球員休息。」李明正看著球員，篤定地說。

「傑成，把球塞籃下，讓真毅跟偉柏攻他們的禁區，投不進沒關係，消耗他們的體力，而且麥克會幫忙搶進攻籃板，大家放膽投。

「麥克，你剛剛進攻籃板搶得很積極，表現得很好！

「大偉，繼續空手切，破壞瑛大附中的防守，他們累了，我們讓他們更累一點，第四節會是我們的天下！」

暫停時間很快就過去，現場傳來示意兩邊上場的低沉叭聲。

在第三節尾聲，瑛大附中的命中率急遽下滑，不管是控球後衛的外線投射、得分後衛的切入，或者是小前鋒的禁區攻勢，都沒辦法順利將球投進，反而是不擅長進攻的大前鋒與中鋒適時跳出來，幫助球隊拿到分數。

類似的問題也在光北這裡出現。

楊真毅連續打三節比賽，對手又是實力強悍的瑛大附中，體能的消耗非常大，進攻端三次出手全部落空，而高偉柏也是一樣，大前鋒與中鋒的包夾影響到手感，禁區強打失敗，包大偉幾次利用空手切想要得分，不過時機拿捏還不是太恰當，詹傑成在最後這段時間則沒有出手投籃。

整個光北隊，在第三節末段僅僅靠著麥克的補籃得到四分。

第三節比賽結束，比數六十一比五十六，雙方帶著五分的差距進入第四節。

第四節一開始，雙方都做了陣容上的調整。

瑛大附中派了全板凳陣容，疲累的先發全部坐在場下休息，光北則是只做了小幅的變化，整整上場三節比賽的楊真毅總算下場休息，魏逸凡上場。

嗶！

在裁判的哨音示意之下，兩邊球員上場。

第四節第一波進攻球權，掌握在瑛大附中手裡。

瑛大附中的替補陣容明顯比先發球員還要矮小許多，而且進攻節奏刻意放得很慢，第一波進攻，甚至等到進攻時間剩下最後八秒鐘時才發動攻勢。

替補控衛面對詹傑成的防守選擇硬切，故意靠在他身上把球投出，想要獲得哨音的青睞，不過哨音沒響，球也沒進。

麥克高高一跳，大手抓下籃板，馬上把球交給詹傑成。

詹傑成知道現在是一口氣拉開比數的好機會，像飛箭一樣運球衝到前場，等到高偉柏與魏逸凡都到達禁區之後，立刻把球塞給魏逸凡。

整個第三節都在場下休息的魏逸凡，精力充沛，運球往禁區切，一個跨步就擺脫小前鋒的防守，看到中鋒的補防過來，直接收球拔起來，後仰跳投出手。

魏逸凡這一次跳投擦板進籃，幫助光北拉開比數，比數六十三比五十六，光北領先七分。在詹傑成刻意推動之下，這一波進攻只花了不到十秒鐘的時間。

「魏逸凡的擦板越來越準了。」蕭崇瑜眼睛一亮，為魏逸凡的進步感到開心，但很快地又皺起眉頭，「苦瓜哥，瑛大附中怎麼一副要把時間拖完的樣子？他們現在已經落後七分，再這樣拖下去比賽都要結束了。」

場上，瑛大附中繼續維持慢吞吞的進攻節奏，又拖到最後八秒才開始進攻。

苦瓜盯著故意拖時間的瑛大附中球員，開口道：「我看過不久他們的先發球員就要上場了。」

瑛大附中這一波進攻打得亂七八糟，替補控衛把球傳給替補小前鋒，讓他強打包大偉，但是包大偉在替補小前鋒運球的時候，眼明手快地把球抄走，並且飛速完成快攻。

包大偉的一條龍上籃得手，把比數拉開到九分，六十五比五十六。

第四節比賽不到一分鐘光北就把比數拉開到九分，讓場邊瑛大附中的總教練感到不安，可是先發球員需要更多時間休息來恢復體力。

瑛大附中的總教練暗自咬牙，我要忍！

場上，瑛大附中的替補控衛把球帶過半場，繼續拖時間，等到進攻時間剩下八秒鐘才發動攻勢，並且再次找上詹傑成，往左硬切，同樣靠在詹傑成身上想要賴犯規。

嗶！

這一次哨音響起，控球後衛反應非常快，哨音響起的同時馬上把球投出，而且胡亂投出的球竟然打板進了！

控球後衛還來不及高興，裁判大聲宣布，「瑛大附中六號，進攻犯規！」

「好球！」謝雅淑在場邊大喝。

「大家加油，好好打一波，繼續把差距拉開！」謝雅淑用力拍手，大聲喊話，故意要製造瑛大附中的心理壓力。

此時此刻，光北高中不管是分數或者氣勢，都壓制住瑛大附中。

下一波進攻，詹傑成把球交給高偉柏，後者強攻禁區得手，讓光北把比分拉開到雙位數的差距，六十七比五十六。

「傳得漂亮。」高偉柏回防時，伸手與詹傑成擊掌。

第四節比賽現在才過去一分半鐘，瑛大附中的總教練已恨透了詹傑成。撇除包大偉抄截後的一條龍快攻上籃，在光北的兩波進攻當中，詹傑成刻意加快進攻節奏，利用禁區的優勢連連取分，雖然瑛大附中總教練沒有對著手錶計算時間，不過他相信光北完成這兩波進攻所花的時間可能不超過二十秒。

瑛大附中總教練本來打算讓先發球員休息兩分鐘，希望在這兩分鐘的時間裡替補球員可以控制失分，在先發球員上場前把比分壓制在十分以內。

不過很顯然，替補球員根本沒辦法擋下魏逸凡與高偉柏——這就是甲級與乙級之間無法橫跨的差距。

瑛大附中總教練忍不住羨慕地想，光北高中到底何德何能，才第一年創隊，竟然就可以延攬到魏逸凡跟高偉柏這樣充滿才情的鋒線球員？

只不過現在是比賽的關鍵時刻，對於瑛大附中來說情勢無比險峻，總教練很快就把這種無聊的想法丟到一邊，看著替補球員在這一波進攻的表現。

即使面臨極糟糕的處境，替補控衛依然堅持拖時間，這一波進攻甚至等到進攻時間剩下六秒才發動攻勢。

想當然耳，要靠六秒鐘成功打出一波攻勢難度實在太高，瑛大附中這一次在二十四秒進攻到之前還是沒找到出手機會。

低沉的叭聲響起，裁判吹響尖銳的哨音，「二十四秒進攻時間到，球權轉換！」

這個瞬間，瑛大附中的總教練瞥了紀錄台上的計時器，第四節比賽剩下七分五十四秒。

總教練認為時候到了，對先發球員示意，「在最後的八分鐘，讓光北見識我們瑛大附中的厲害，去逆轉比賽吧！」

「是，教練！」

五名先發球員走到紀錄台，對紀錄台說：「請求換人。」

紀錄台點頭，對場上的裁判示意，而當麥克把球發給詹傑成的瞬間，瑛大附中的替補控衛馬上抱住詹傑成。

哨音立刻響起，「瑛大附中六號，阻擋犯規！」裁判接著說：「瑛大附中，換人！」

★

二十年，這是瑛大附中創隊的時間，不算長，但也不能說短。

二十多年來，台灣變化太多，光是台北就有翻天覆地的改變。

信義區從一片農田變成商業活動最繁忙的地方；出現一棟「101」大樓；為了表達對原住民凱達格蘭族的尊敬，總統府與景福門之間的道路從介壽路改為凱達格蘭大道；多了一種名為「捷運」的大眾交通運輸工具；因為雪山隧道開通，台北到宜蘭也只需要四十分鐘的車程而已。

然而，在整個世界都在快速變化的這段時間裡，瑛大附中的籃球隊一直都在。

十年，這是瑛大附中連續三年在甲級聯賽戰績墊底，被降到乙級聯賽之後，始終在等待翻身機會的時間。

五年，這是瑛大附中被降組之後，球隊中本來實力不錯的球員紛紛轉隊，而學校始終招不到具有資質與潛力球員的黑暗時期。

這五年之間，瑛大附中成績一落千丈，有一年甚至在第二輪就輸了，曾是甲級聯賽的球隊淪落至此，瑛大附中高層覺得實在太沒面子，一度考慮將籃球隊收起來。

不過在總教練的種種保證之下，高層沒有衝動地做出決定，但也對總教練說最多只會再給他三年時間，三年內如果沒有拿出一點像樣的成績出來，那麼籃球隊就會從瑛大附中消失。

當時總教練承受的壓力很大，以前的子弟兵全部離隊，而加入球隊的新血又是一群連基本功都不太行的球員，籃球隊百廢待興，情況可以說是非常困難。

只不過總教練並沒有就此放棄。

他化身成一個魔鬼教練，那些基本功不好，有心想要打籃球又不怕吃苦的球員，在他的魔鬼訓練之下，短短一、兩年的時間就提升了實力，瑛大附中因此從各隊眼中的大補丸，蛻變成了一支讓人不敢忽視的球隊。

瑛大附中成績的進步有目共睹，學校上層也看到教練跟球員的努力，決定保留籃球隊。

這個時候傳來新興高中解散籃球隊的消息，在總教練眼裡，這是一個讓瑛大附中徹底擺脫黑暗，再次證明球隊實力的好機會，尤其當賽程表一出來，總教練發現賽程對他們來說相當有利，順利的話，在最後一場比賽才會遇到乙級聯賽實力最強的向陽高中。

雖然向陽高中最近在乙級聯賽的戰績所向披靡，不過總教練認為他們並不是一支無法擊敗的球隊，只要在賽程中好好調整腳步，球員們從比賽中吸收經驗繼續成長，瑛大附中絕對有可能創造歷史，再次推開甲級聯賽的大門。

不過首先，他們要逆轉這場球賽，擊倒光北高中。

第四節比賽剩下七分五十秒，瑛大附中的先發球員一上場就必須面對十一分的落後，在這種不利的情勢之下，他們繃緊了神經，到後場擺出二三區域防守，剩下不到八分鐘的時間，他們除了要得分之外，還要守下光北的進攻，這樣才有機會贏球。

任誰都看得出瑛大附中想逆轉的企圖心跟決心，場上的光北球員也不例外。

詹傑成把球帶過半場，打算把領先的優勢進一步擴大，在比分與氣勢上一口氣擊垮瑛大附中。

詹傑成看向魏逸凡與高偉柏，用眼神傳達出一個訊息——

現在就靠你們兩個了，不要讓我失望！

詹傑成將球高吊給罰球線左側的魏逸凡，魏逸凡一接到球就壓低身體往左邊切，利用速度突破小前鋒的防守，看到大前鋒的補防過來，馬上把球交給另一個跟他一樣具有可怕破壞力的人。

高偉柏接到球，興奮地大吼一聲，一個運球，大跨步，雙腳高高跳起來，也不管中鋒的補防，在空中與中鋒身體碰撞後，堅決地把球朝著籃框投去。

球在籃框上滾了幾圈，最後落入籃框內。高偉柏禁區強打得手，比數六十九比五十六，光北高中的領先到達十三分。

高偉柏認為這一球中鋒有犯規，對裁判比出打手的手勢，但是沒有過多的言語或者肢體上的抗議，隨即跑回後場防守，展現出越來越成熟的一面。

被高偉柏得分之後，瑛大附中的氣勢受到影響，身為球隊靈魂人物的小前鋒用力拍手，對隊友大聲喊道：「我們都走到這個地步了，大家一起加油，只要齊心協力，我們一定可以通過這一關的考驗，朝著冠軍與甲級聯賽前進！」

聽到小前鋒的話語，場上的先發球員精神一振，同時高聲一喊。

控球後衛把球帶過半場，心想這一波進攻至關重要，一定要打進。

他比出了戰術的暗號，同時指揮大家跑位，把球傳給上中的中鋒，接著與得分後衛一起空手切，中鋒雙手高高拿著球，仔細看控球後衛與得分後衛有沒有跑出機會。

「把球給我！」小前鋒跑到中鋒身旁，把球從中鋒手上拿過來，想要利用中鋒掩護，讓自己可以不受干擾地出手投籃。

跟在小前鋒身旁的魏逸凡連忙跳起來封阻，但是小前鋒卻趁這個機會，下球往禁區切。

站在中鋒身後的麥克馬上往後退，跟上小前鋒，而高偉柏也已經站在禁區等待小前鋒的到來。

儘管知道自己即將面對麥克與高偉柏的夾擊，小前鋒依然毫無畏懼地往禁區切進去，彷彿要用自己的切入告訴隊友，「光北高中沒有什麼好怕的！」

小前鋒收球奮力地跳起來，而高偉柏與麥克也在這個時候撲上去，兩個人形成了一道高不可攀的牆，把小前鋒的出手角度全部都封住，如果小前鋒硬要在這種情況下出手，結果只會有兩種——被蓋火鍋或投不進。

所以小前鋒沒有出手，在吸引高偉柏與麥克的包夾之後，把球傳給這時空手切進禁區的中鋒。

中鋒接到球，周圍沒有人防守，奮力跳起來，雖然他沒有可怕的爆發力跟彈跳力，可是憑他一百九十五公分的身高加上手長，依然可以雙手把球塞進籃框之中。

砰！

中鋒灌籃得手，雙手故意扯了下籃框，落地後仰天大吼，對著隊友大喊道：「大家加油，我們一起前進甲級聯賽！」

「好！！！」不管是場上或者場下，瑛大附中所有人同時大喊出聲。

比數六十九比五十八，雖然目前還落後給光北高中十一分，可是瑛大附中的氣勢瞬間衝上來，以眾志成城的鬥志，展現出拿下這場比賽勝利的決心。

詹傑成接過麥克的底線發球，快速運球過半場。瑛大附中的氣勢如同烈火般熊熊燃燒，如果不想個辦法壓下來，在比賽還剩下七分多鐘的情況下，被翻盤並不是不可能的事。

詹傑成運球，告訴自己要冷靜，一邊指揮隊友跑位，一邊仔細思考現在該怎麼做才能夠幫助球隊。而他很快就得到答案，現在光北的優勢在哪裡，就往哪裡打。

詹傑成把球傳給跑到左邊邊線的包大偉，指著禁區大喊：「把球塞到禁區！」

包大偉聽到詹傑成的指示，地板傳球給要位（註二）的高偉柏，高偉柏接到球就想單打，但是他還沒來得及下球，瑛大附中的中鋒與大前鋒包夾過來，讓他連下球的機會都沒有。

魏逸凡連忙跑過去要接應，高偉柏卻沒有把手中的球傳出去，想要靠自己的身材與腳步找到突破機會，不過中鋒與大前鋒並不是省油的燈，緊緊地包住高偉柏。

這時，哨聲響起，「光北隊二十一號，走步違例！」

因為這個失誤，讓瑛大附中有了把比數拉近到個位數的機會，場邊的吳定華看不下去，對場上高偉柏大喊：「偉柏，傳球，別硬打！」

高偉柏也不知道有沒有聽進去，把球交給裁判之後就跑回後場防守，吳定華大感無奈，對安靜看球賽的李明正說：「明正，你也提醒他一下。」

李明正竟然搖搖頭，「不需要，偉柏他是個很聰明的球員，他知道他哪裡犯錯之後他就會改，不需要我們去提醒他。」

「可是剛剛那一球太亂來了，都已經被包夾了還不傳！」吳定華看到瑛大附中又把球交給小前鋒，擔心這一場比賽會風雲變色。

李明正神色不變，淡淡地說：「整場比賽偉柏幾乎都是在被包夾的情況下投進球，他剛剛是沒投進沒錯，可是如果他投進的話，現在比賽的情勢會完全倒向我們這邊。他想要一肩扛起比賽的勝負，這是成為一個偉大球員的必經過程。而且我們現在還領先十一分，你擔心什麼，場上的球員都是我們一手教出來的，要相信他們的能耐。」

看到李明正穩如泰山的模樣，吳定華頓時說不出話來，腦海中突然想起以前打球那段時光，在乙級聯賽奮戰時，那時候的他們常常因為被對手追上或者拉開比數就亂了手腳，每當這種時刻，李明正總是球隊裡最臨危不亂的人。

吳定華真的覺得上天是偏心的，為什麼上天在塑造李明正的時候給了他這麼多的東西，讓他天生高人一等，注定就是要當領袖的料。

場上，瑛大附中在這一波進攻中再次把球交給小前鋒，不過當他一拿到球，魏逸凡跟高偉柏馬上包夾，連運球的機會都不給他，把小前鋒困住。

被困住的小前鋒左支右絀，不得不把球傳給弧頂三分線外的控球後衛。

控球後衛接到球，看到詹傑成並沒有站前防守，突然間拔起來跳投出手。

詹傑成完全沒想到控球後衛會出手三分球，雙腳宛如被釘住一樣來不及反應，看到控球後衛流暢的出手節奏，心中出現一絲不妙的預感，而預感很快變成現實。

唰！

控球後衛三分球進，比數六十九比六十一，瑛大附中把比數拉近到八分差。

控球後衛在球破網瞬間緊握右拳，激勵自己。

瑛大附中板凳區的替補球員這時全部站了起來，大喊：「好球！」、「一口氣逆轉比數！」、「學長加油！」

短短一分鐘的時間，瑛大附中把比數追到了僅有八分差，那追分氣勢對光北高中造成了巨大的壓力，讓膽小怯弱的麥克感到緊張不已。

詹傑成利用假動作傳球，騙走瑛大附中的防守注意力，將球傳給走底線空手切的包大偉。包大偉接到球，正準備把球放進籃框裡，尖銳的哨音響起。

底線的裁判指著麥克，「籃下三秒，球權轉換！」

包大偉雙腳落地，把球拿給裁判，看著頭低低，渾身顫抖的麥克，跨步過去，拍了他的屁股。

「麥克，別想太多，用你最擅長的防守跟籃板討回來。」

麥克抬起頭來，看著眼前比自己整整矮了一顆頭的包大偉。

包大偉拍拍麥克的肩膀，「走吧，回防了。」

李光耀從椅子上站起來，「麥克，把這一球守下來！」

謝雅淑也站起來對麥克大喊：「麥克，送他們一個大火鍋！」

聽到隊友們的鼓勵，麥克調整好心情，邁開大步跑回後場防守，高高舉起雙手，準備迎接瑛大附中的攻勢。

瑛大附中氣場強大，場上五個人心裡只想著一件事，逆轉這場球賽，與向陽高中一決死戰，然後推開甲級聯賽的大門。

控球後衛把球帶過半場，傳給得分後衛。

得分後衛在右邊側翼面對詹傑成的防守，沒有傳球的意圖，擺明就是要打詹傑成這個點。

詹傑成繃緊神經，前三節比賽下來，他發現得分後衛十次切入中有九次會切右邊。確實沒錯，得分後衛深吸口氣之後，又再次往右切！

詹傑成心中一喜，心想果然被自己猜對了，但是在詹傑成往左邊退的這一瞬間，得分後衛一個快速的轉身，擺脫了詹傑成。

什麼！？

詹傑成不敢置信，回頭看到得分後衛快速往禁區切，只能希望補防的麥克可以擋下他。

得分後衛看著麥克，絲毫不畏懼地收球跨步，跳起來想要上籃出手，動作做到一半，竟小球傳給麥克身後的中鋒。

然而，麥克早就猜到得分後衛不敢在自己面前出手，在他傳球的瞬間，轉身面向中鋒，抓準中鋒的出手時間，雙腿像彈簧般跳起來。

麥克跳得比中鋒更快更高，雙手完全封住了中鋒的出手角度。

啪的一聲，麥克抓準了中鋒的出手時機，送給他一個大火鍋，球直接飛到界外去。

詹傑成眼睛一亮，就要快步過去與麥克擊掌，但也就在這個時候，邊線的裁判吹響尖銳的哨音。

「光北九十一號，打手犯規，罰兩球！」

麥克不敢置信地望著裁判，如果需要的話，他現在可以跪下來向天發誓他絕對沒有打到中鋒的手，他真的沒有犯規！

心裡的委屈如同火山般爆發開來，麥克情緒失控，雙眼發紅，雙肩顫抖，綠豆大小的淚珠不斷從眼眶裡掉出來，讓瑛大附中所有人都看傻了眼，就連場邊的裁判也愣住了。

光北的隊友知道麥克心理崩潰了，連忙跑到麥克身旁安慰他。

此時李光耀從椅子上跳了起來，「麥克，把你的頭抬起來，你不是說你最欣賞的球員是 Iverson 嗎？你想想，如果他現在站在場上，會因為挫折就哭嗎？會因為被吹犯規就流淚嗎？不會吧！

「你不要怕，你現在又不是一個人，場上還有四名隊友，而且還有我在，你怕什麼，像 Iverson 一樣站起來！」

詹傑成、包大偉、高偉柏、魏逸凡也立刻走到麥克身邊，詹傑成拍了麥克屁股，「剛剛是我太容易被過了，你被吹犯規一半要算在我頭上。」

魏逸凡則趁機機會教育，「你補防跟火鍋的時機抓得很棒，只是運氣比較不好而已，這是裁判的尺度問題，所以犯規之後要去記裁判的尺度在哪裡。」

「逸凡說得對。」高偉柏點頭，用力繃緊右手肌肉，展現迷人線條，「抓尺度很重要，不然我這麼壯，很容易五犯畢業。」

專精防守的包大偉更理解麥克的心態，拍拍他的胸口，鼓勵道：「裁判犯規吹了就是吹了，你不能改變，別再去想，把注意力放在下一波防守。」

麥克抬起頭，看著站在自己面前的隊友，沒有一個人表現出怪罪或者不耐煩的態度，最重要的是，他們需要自己。

麥克點點頭，用手抹去臉上的淚水，被需要的感覺讓麥克一度脆弱的心變得堅強，讓他有勇氣再站起來。

「好。」

安撫好麥克的情緒之後，場上執行罰球，瑛大附中的中鋒把握住兩罰的機會，幫助球隊繼續把比分追近。

比數六十九比六十三，差距來到僅僅六分。距離比賽結束還有六分二十二秒，時間絕對夠瑛大附中逆轉比賽。

「好，大家努力防守，只差六分了！」小前鋒用力拍手，對著隊友精神喊話，場邊的替補也一起大喊：「防守、防守、防守、防守、防守！」

詹傑成快步過半場，場邊瑛大附中傳來的聲音讓他覺得很煩，高舉左手比出戰術的手勢，想利用進球讓他們閉嘴。

在詹傑成手勢示意下，場上其他四人動了起來，高偉柏利用魏逸凡的單擋掩護空手切進禁區，詹傑成眼睛一亮，立刻把球高高丟過去。

詹傑成這個決定極為大膽，竟在這個時候想要跟高偉柏上演空中接力灌籃，意欲一口氣壓制瑛大附中的氣勢！

只不過瑛大附中卻有人洞穿了詹傑成的想法，那就是對位防守高偉柏的大前鋒。

大前鋒從後面跟上高偉柏，看準球飛過來，高高一跳，在空中直接把球抓下來，落地後大聲高喊：「跑啊！快攻！」

大前鋒迅速地把球交給隊上的靈魂人物，小前鋒。

小前鋒像隻獵豹一樣往前衝，光北只有包大偉來得及回防，不過小前鋒速度全開，身材、身高都有優勢，包大偉怎麼想都覺得自己只有犯規才能夠擋下小前鋒。

小前鋒似乎察覺到包大偉的想法，直接收球，讓包大偉就算把他扯下來都還要付出將他送上罰球線的代價。

包大偉心裡嘆一口氣，讓到一旁，以小前鋒的身材以及決心，這球就算犯規，說不定還被他弄出進算加罰的機會。

在包大偉讓到一邊的情況下，小前鋒上籃得手，幫助球隊再度把比分拉近，比數六十九比六十五，差距四分，時間還有五分五十八秒。

瑛大附中板凳區傳來歡呼聲：「學長好球！」、「快攻漂亮！」、「我們快追過去了，我們一定可以逆轉這場比賽！」、「學長加油！」

接著，板凳區又高聲大喊：「防守!防守!防守!防守!防守!防守!」

這個時候，李明正眼睛掃向光北的板凳區，「光耀，上場，換傑成。」

李光耀從椅子上跳起來，這一刻他已經等很久了。

「是!」

註　二：卡位要球的簡稱。

第六章

李光耀脫掉身上用來保暖的長袖衣物，昂首闊步走到紀錄台。

「請求換人。」

紀錄台對李光耀點頭，李光耀隨即在紀錄台前盤腿坐下，等待自己可以上場的那一刻。

場上，詹傑成運球過半場，瑛大附中的板凳區不斷傳來吵雜的加油吶喊聲，令他的心情越來越覺得煩躁。

詹傑成努力忽視旁邊的聲音，指揮隊友跑位，把球傳給在罰球線左側的魏逸凡。

魏逸凡接到球，首先看隊友有沒有容易得分的機會，不過包大偉的空手切沒有跑出空檔，麥克擔心再次犯下籃下三秒的愚蠢失誤，所以站離禁區遠遠的，高偉柏則是被中鋒與大前鋒嚴密看防。

魏逸凡很快決定這一次進攻自己來，快速地做一個向右的試探步之後運球往左切，一個大跨步就擺脫小前鋒的防守。

魏逸凡本來打算直搗禁區，但是大前鋒這時放下高偉柏朝自己衝了過來，魏逸凡立即收球，瞄準籃板，後仰跳投出手。

大前鋒在這一刻終於見識到甲級聯賽等級的實力。

魏逸凡也沒有使出什麼特別的招數，僅僅一個試探步之後的切入就輕而易舉地突破小前鋒的防守，自己的反應也算快，馬上丟下高偉柏要過去補防，而且自認為補防的時機已經抓的非常準確，但是魏逸凡在自己補防還沒有到位就做出反應，收球後仰跳投出手，這種觀察比賽的能力，完完全全表現出甲級與乙級之間的差距。

魏逸凡非常滿意出手那一瞬間手指跟球的觸感，看著球完全按照他想的那樣朝籃板飛過去，認為這兩分已經落入他的口袋，但是當球落在籃板上彈往籃框時，球竟然沒有照魏逸凡所想的一樣直接落入籃框之中，反而落在籃框前緣。

魏逸凡雙眼瞪大，看著球在籃框與籃板之間反覆彈跳，然後這個被他認為一定會進的球，最後彈出籃框。

魏逸凡不去想為什麼這一球沒有進，而是想要衝搶這一顆籃板球，不過在一開始就認定這一球一定會進的他，早就失去搶籃板球的最佳時機，這一顆籃板球被努力卡位的瑛大附中中鋒抓了下來。

場邊瑛大附中的替補席傳來了無比的歡呼聲，大喊：「學長加油，時間還夠！」、「學長加油，逆轉比賽！」

加油聲不斷傳來，給與場上的瑛大附中球員精神支持，中鋒很快把球交給控球後衛。

控球後衛把球帶過半場，快速把球傳給得分後衛，跑到得分後衛身旁單擋掩護，利用在這一場比賽不知道用過幾次的戰術，讓得分後衛單打詹傑成。

包大偉很清楚詹傑成防守上的弱點，大喊：「不要換！」

包大偉不想讓瑛大附中趁心如意，可是瑛大附中的反應比他更快，當包大偉喊不要換的剎那，得分後衛

把球交還給控球後衛，幫控球後衛單擋掩護，而根本猜不透控球後衛與得分後衛想法的詹傑成，雙腳像是被釘在地板上一樣，眼睜睜看著控球後衛在自己面前把球投出。

唰！

控球後衛再次送上遙遠的祝福，這一顆價值連城的三分球幫助瑛大附中把比分拉近，六十九比六十八，差距來到下半場最接近的一分。

瑛大附中的板凳區疾聲歡呼，這一刻，他們認為冠軍賽已經離他們不遠了。

麥克撿起地上彈跳的球，踏出底線外，把球傳給詹傑成。

詹傑成快速過了半場，場邊的加油聲無比吵雜，瑛大附中散發出像是海嘯般要把他們吞沒的氣勢，詹傑成感受到龐大的壓力，在加入光北高中以來，這是他第一次在場上茫然無措地不知道該怎麼辦才好，壓力幾乎把他擊垮。

包大偉、魏逸凡、高偉柏全部等著詹傑成比暗號，但是詹傑成表情茫然，他現在已經不知道該怎麼傳球，又該把球傳給誰。

控球後衛注意到詹傑成的異狀，心中一喜，知道這是一個幫助球隊逆轉比數的大好機會，衝上前去抄球，這時詹傑成回過神來，連忙往後一退，煞車不及的控球後衛撞上了詹傑成。

場邊哨音響起，「瑛大附中三十六號，阻擋犯規！」此時，紀錄台鳴笛，裁判見到李光耀，大喊：「光北高中，換人！」

在比賽剩下五分二十三秒的時候，李光耀走上場，手指著詹傑成，在詹傑成把球交給裁判之後走過自己身邊時，細聲地對他說：「放心吧，接下來交給我。」

李光耀看著場上的隊友，輕輕跳了跳，讓雙腳感受球場的彈性，整整第三節都坐在板凳區的他身體已經完全冷卻下來，儘管如此，李光耀臉上勾起自信的笑容。

「不用擔心，我會把你們帶到冠軍賽的。」

李光耀一走上球場，光北的氣氛立刻有了改變。

麥克站到邊線外，從裁判手中接過球，開心又放心地把球傳給李光耀。

李光耀一接到球，看著瑛大附中的防守陣式，場邊瑛大附中的替補球員繼續大喊：「防守、防守、防守、防守、防守！」

李光耀運球來到右側三分線外，看著控球後衛，舉起左手，止住想上來單擋掩護的魏逸凡。

見此，光北其他四個隊友知道李光耀要自己來，紛紛退開。

李光耀漸漸加快運球節奏，控球後衛嚴陣以待，不過他很快就知道，李光耀跟他是完全不同等級的球員。

李光耀猛然壓低身體往右邊切，看似輕而易舉地突破控球後衛的防守，兩個跨步便要殺進禁區。就在此時，李光耀跟籃框之間多出一個阻礙——中鋒！

瑛大附中的中鋒舉高雙手站在李光耀面前，而面對十公分以上的身高差距，李光耀絲毫沒有任何畏懼地收球，踏步想要上籃。

「想上籃，門都沒有！」中鋒高舉雙手，垂直起跳，徹底封住了李光耀的上籃路徑。

就在中鋒以為自己擋下李光耀的切入時，李光耀雙手把球往下一傳，中鋒回頭一看，發現高偉柏不知道什麼時候溜進禁區。

李光耀的切入吸引了瑛大附中所有的注意力，高偉柏拿到球的瞬間無人看防，雙腳用力一跳，雙手拿球往腦後拉，用力地把球塞進籃框之中。

砰！

「呀啊啊啊！」

為了宣洩心裡的鬱悶，高偉柏這一次的灌籃特別用力，雙腳落地後仰天大吼，利用這聲大吼把心裡的負面情緒一口氣噴發出來。

「好球。」李光耀伸起右手。

「那當然。」高偉柏舉起右手，與李光耀擊掌。

高偉柏的灌籃得手後，光北隊快速回防，在後場擺出二三區域聯防，瑛大附中的板凳區繼續奮力大喊：「學長加油、學長加油、學長加油！」

同樣坐在板凳區的謝雅淑忍受不了，站起身來，對楊真毅、詹傑成、王忠軍說：「來，我們也要幫場上奮戰的隊友加油！大家一起來！」

謝雅淑率先大喊：「加油、加油、加油、加油、加油！」

在比賽只剩下五分鐘，雙方差距只有三分的關鍵時刻，其他人立刻加入謝雅淑的行列，齊聲大喊：「加油、加油、加油、加油、加油！」

兩邊的氣勢同時來到最高點，都已經走到離冠軍賽只有一步之遙的地方，誰都不想把勝利拱手讓人，誰都不想輸！

場上，瑛大附中的進攻，因為李光耀的上場，光北高中的外圍防線變強，控球後衛已經沒辦法繼續利用詹傑成這個弱點製造得分機會，另外光北禁區又有高偉柏與魏逸凡的存在，控球後衛深知現在的情勢對他們而言是較為險峻的。

不過有了這種自覺，控球後衛也很清楚地知道利用個人能力突破光北的防守已經是不可行的，現在要得分就要靠團隊合作。

控球後衛指揮隊友跑位，把球交給上中的小前鋒之後，與得分後衛對看一眼，兩人開始空手跑位。

光北的防守密切注意著瑛大附中的空手走位，也發現大前鋒與中鋒蠢蠢欲動，可是卻也因為這樣，竟然千不該萬不該地忽略拿球的小前鋒。

小前鋒發動攻勢，在罰球圈頂端的地方運球往禁區切，一時間竟然沒有人擋下小前鋒，讓小前鋒兩個跨步就切入了心臟地帶，收球踏步上籃。

不過就在小前鋒準備放球的這一刻，一道黑影突然從旁邊飛了過來。

小前鋒心一驚，知道這一球如果勉強出手，只有被蓋下來的份，連忙把球往外傳給控球後衛，躲掉了麥克的火鍋。

小前鋒落地後心有餘悸，他剛剛根本沒有發現麥克是從哪裡撲過來，就好像憑空跳出來一樣，那體能天賦真的太誇張了！

控球後衛在右邊邊線接到球，立刻傳給得分後衛，想要利用快速的傳導球破壞光北的防守陣式。

得分後衛在右邊側翼接到球，面對包大偉的防守下球往左切，利用肩膀強硬地把包大偉頂開。

包大偉痛叫一聲，得分後衛撞擊力道之大，讓他差點失去平衡跌倒，令他不敢置信的是裁判竟沒有吹判進攻犯規。

得分後衛突破包大偉之後堅決切入，在收球起跳上籃的那一刻，右手剛拿起球，球居然就從後方被拍走。

得分後衛不敢相信包大偉跟防的速度竟然這麼快，回頭一看才發現，拍走球的人不是包大偉，是李光耀。

被拍走的球彈向魏逸凡，見此，李光耀立刻往前場飛奔，而包大偉反應比李光耀更快，一馬當先衝到前場。

魏逸凡知道機不可失，撿起球之後用力往前場一甩，包大偉速度飛快，追到球之後直接上籃得手，比數七十三比六十八。

場邊的吳定華看到包大偉這一波快攻，心裡感到非常滿意。

他知道包大偉自己一定額外下了非常多的苦工，才能夠趕在所有人之前反應過來，完成這一次看似輕而易舉的快攻上籃。

瑛大附中的總教練見到比分又被光北隊拉開，對著控球後衛大喊：「別急，時間絕對還足夠，穩一顆！」

控球後衛浮動又緊張的心情稍稍穩下來，接過得分後衛的底線發球，快速過半場，大喊：「大家別急，打一波！」

控球後衛話一說完，運球靠近三分線，面對包大偉的防守，指揮隊友的跑位。

在比賽的關鍵時刻，瑛大附中的球員拚盡全力跑位，而光北這一波防守沒有交待清楚，真的被瑛大附中跑出空檔。

控球後衛把球傳給小前鋒，空檔中距離跳投得手。

比數七十三比七十，比賽剩下三分鐘，雙方比數差距只有三分。

「好球！」場邊瑛大附中的球員興奮地大喊。

瑛大附中的總教練也用力拍手，「打得漂亮，現在好好守一個！」

觀眾席上，蕭崇瑜緊緊皺起眉頭，忍不住替光北捏一把冷汗，「比數一直拉不開，瑛大附中好有韌性。」

場上，李光耀運球過半場，然後就站在中線前面不動，舉起右手，由左往右一揮。

其他四名隊友看到這個手勢馬上往兩旁退開，李光耀盯著進攻計時器，學第四節一開始瑛大附中的替補球員，一直到進攻時間剩下八秒鐘才發動攻勢。

看到李光耀充滿自信的模樣，瑛大附中的總教練感到擔心，想起李光耀上一波進攻的犀利切入，不禁在場邊提醒道：「防守要講話，小心底線不要漏人！」

李光耀運球靠近三分線，得分後衛不由自主地往後退，不想讓李光耀再次切入禁區。

然而，李光耀這一次並沒有選擇切入，突然間拔起來，直接飆出三分球。

李光耀看著橘紅色的籃球往籃框飛過去，右手維持出手姿勢，充滿信心地看著球。

從手指傳來的感覺，讓李光耀知道這一球一定會進。

下個瞬間，唰！

李光耀三分球命中，比數七十六比七十，比賽時間剩下最後的二分四十秒。

「好球！」謝雅淑立刻跳起來，在場邊大喊，其他光北隊友也激動地揮舞手中的毛巾。

另外一邊，瑛大附中總教練心中感到無力，李光耀的三分球宛如一記重擊，真的太傷了。但他依舊大聲鼓勵球員，「不要慌，不要急，時間還夠，穩下來打！」

在總教練開口喊話之後，瑛大附中板凳區也傳來了呼喊聲：「學長加油、學長加油、學長加油、學長加油、學長加油！」

控球後衛把球帶到半場，心想，總教練說的對，比賽還剩下兩分半鐘，要追回六分的差距時間絕對還夠。

身為場上的指揮官，控球後衛告訴自己，一定要在這種情況中冷靜下來，抵抗住壓力。

控球後衛指揮隊友跑位，接著把球交給球隊裡進攻能力最強的小前鋒。

可惜的是，在李光耀漂亮助攻與三分球命中後，光北高中氣勢衝起，整支球隊團結一心，打定主意不與瑛大附中繼續糾纏。

小前鋒這一次面對魏逸凡的防守，雖然硬是頂住魏逸凡切進禁區，投籃節奏卻大受影響，出手時機完全被高偉柏抓到，這一次強硬的上籃被釘板（註三）蓋下來。

「前面！」謝雅淑在場外指向前場。

雖然瑛大附中的中鋒反應已經很快，但是還是沒能成功阻止高偉柏把球往前甩。

包大偉再次偷跑，也再次快攻上籃得分。

比數七十八比七十，在時間剩下最後二分二十五秒的時候，光北高中開始主宰球賽。

瑛大附中的總教練捏緊雙拳，現在場上的情勢極為不利，不過讓他擔心的不是八分的差距，而是光北高中此時展現出來的強大。

特別是李光耀上場之後，光北攻防兩端的能量瞬間提高了好幾個等級。

瑛大附中的總教練現在心裡有一股甩不脫的沉重感覺，可是他必須對球隊負責，為他對學校許過的承諾負責。

於是，他做了一個決定。

「嘿、嘿！」總教練吸引控球後衛的注意力之後，比出了戰術的暗號。

那個暗號，代表搶三分。

控球後衛對教練點頭，心跳開始加速，他感到緊張，因為他明白這一波進攻的重要性。

比賽一分一秒地流逝，當控球後衛把球帶到前場時，時間剩下最後的二分十七秒。

控球後衛比出三分球的手勢，場上其他四人開始動了起來，進攻能力最強的小前鋒藉由得分後衛的掩護在右邊側翼跑出了空檔。

控球後衛見機不可失，立刻把球傳了過去。

小前鋒接到球立刻拔起來，不過在出手的瞬間，李光耀繞過得分後衛，猛然撲了上去，彈跳速度之快，讓小前鋒有點嚇到，手指稍微顫抖了一下。

這一次出手的結果，也因此改變。

小前鋒看著往籃框飛去的球，本來他對這一球有百分百的自信，但李光耀突然撲上來，讓他失去了對球的感覺。

好像會進，又好像不會進。

球，最終落在籃框內緣，快速地左右彈了兩下後，在瑛大附中期望的目光注視下，跳了出來。

高偉柏用力跳起來，帶著十足氣勢，把籃板球抓下，傳給李光耀。

比賽剩下最後的一分五十七秒。

李明正在李光耀拿到球時，對場上大喊：「慢下來！」雙手同時虛空往下按，示意場上球員慢下來，不要急。

本來想要快步過半場的李光耀頓時慢下來，雙腳跨過中線之後就停住不動，雙眼盯著紀錄台上的計時器，一直等到進攻時間剩下八秒的時候才往前走，準備發動攻勢。

看著李光耀過來，控球後衛艱難地吞了一口口水，剛剛三分球沒進，這一場比賽想要贏，必定要守下光北這一波進攻，但是他親身體驗過李光耀的實力，知道要守下李光耀並不容易。

應該說，非常不容易。

李光耀左手運球，兩個跨步來到三分線前，看著控球後衛，再看向籃框，身體猛然一沉，右手伸向球準備拔起來。

他又要投三分球了！

控球後衛腦海中一閃過這個念頭，身體不由自主地朝李光耀撲了過去，卻因此中了李光耀的收球假動作。

李光耀順勢往左切，過了控球後衛的防守之後，收球拔起來，中遠距離的跳投出手。

李光耀的跳投動作之順暢，讓場邊的瑛大附中總教練心臟一縮，心想，如果這一球再進，那這一場比賽贏球的希望就更渺茫了……

李光耀這一球力道過大，球落在籃框後緣高高彈起。

瑛大附中總教練心中微微放鬆，可是這樣的心情沒有維持太久，正當他想要大喊：「籃板球。」，場上有一道黑影從人群中飛上，硬是在瑛大附中中鋒與大前鋒的頭上，把籃板球摘下來。

麥克在比賽的關鍵時刻，發揮出傲人的彈跳力，幫光北高中抓下了至關重要的進攻籃板！

當麥克落地，並且把球傳給李光耀之後，瑛大附中不管是場上的球員或場邊的教練，心裡都升起了濃濃的無力感。

這時，比賽剩下最後的一分四十二秒，李光耀還是刻意放慢速度拖延時間。

瑛大附中的總教練知道情勢越來越不利，但還是在場邊大喝道：「防守，守住！」板凳球員也使勁全力大喊：「防守、防守、防守！」

場上氣氛變得極為緊繃，龐大的壓力全堆積在瑛大附中球員們大汗淋漓的身上。

李光耀在三分線外緩慢運著球，盯著計時器，在高度緊張的氣氛當中，時間的流速似乎變慢了，一直到進攻時間剩下六秒鐘，當李光耀動了的那一剎那，時間的流速才恢復正常。

這一次，李光耀沒有再做出收球假動作，看著緊張的控球後衛跟瑛大附中的防守，在弧頂三分線外兩大步收球拔起來，完全不給他們撲上來的機會，直接跳投出手。

球脫手而出的剎那，李光耀覺得這一球手感絕佳，完美無比。而瑛大附中的總教練，心中則霎時出現「完蛋了」的念頭。

下個瞬間，唰的一聲，李光耀三分球空心破網，八十一比七十，比數來到十一分差，時間剩下最後的一分二十二秒。

瑛大附中總教練快步衝到紀錄台，「暫停！」

低沉的叭聲響起，裁判吹響哨音。

「瑛大附中，請求暫停！」

在第四節最後的一分二十二秒，雖然瑛大附中的總教練喊了暫停，但是在李光耀連續三分球接管比賽下，比賽情勢徹底倒向光北高中。

即使在暫停回來後，瑛大附中回敬了一顆三分球，並且立即採取犯規戰術，但是光北高中總是可以把球發給場上罰球最準的球員，李光耀手上。

李光耀在罰球線上完美地四罰四中，加上成功守住瑛大附中兩波三分攻勢，徹底封殺瑛大附中逆轉的希望。

叭！

代表比賽結束的低沉聲音響起，瑛大附中的小前鋒弧頂三分球出手，球劃過一道漂亮的拋物線，空心進籃。

然而，裁判揮舞雙手，「球進不算，比賽結束！」

最終比數，八十五比七十三，光北高中在李光耀上場後擺脫瑛大附中的糾纏，以十二分之差拿下比賽勝利，晉級總冠軍賽。

場上，瑛大附中的球員不願相信這個事實，可是擺在紀錄台上的計時器告訴他們，這場比賽的時間已經終了。

瑛大附中的五名球員雙眼無神，相較於光北隊在場上歡呼慶賀，瑛大附中的球員失魂落魄，緩緩地走下場。

不過大喝聲隨即傳來：「你們全部把頭抬起來！」

瑛大附中的球員嚇了一跳，連忙抬起頭來，看著發話的總教練。

「後天還有季軍賽要打，憑你們這副德性想贏球，作夢啊！」

總教練目光堅定地看著自己的球員，「我之前對你們說過了，五年前，瑛大附中是一支在第二輪就落敗的球隊，學校甚至考慮要廢除籃球隊，沒有任何人看好我們。可是我們今年卻走到了四強賽，就算我們今天輸了，你們一樣創造了歷史。

「今年是瑛大附中被踢出甲級聯賽之後，在乙級聯賽成績最好的一年，你們該為你們自己感到驕傲，把這場比賽當成成長的養分，準備好後天的季軍賽，知道嗎！？」

聽到總教練的斥喝聲，瑛大附中的球員深吸一口氣，集體大喊：「是，教練！」

回應完總教練之後，瑛大附中球員眼眶裡面的淚水止不住地掉了下來，都已經走到這個地步，他們真的不想輸，他們想要打冠軍賽，就算輸，他們也只想要在冠軍賽輸。

身為球隊靈魂人物的小前鋒第一個壓抑不下心中洶湧的情緒，雙手捧著毛巾蓋在臉上，雙肩止不住地顫抖。

小前鋒今年高三，現在已經十二月了，離一月份的學測所剩時間不多，他不是那塊料，他知道自己以後無法繼續走籃球這條路，今年的乙級聯賽大概是他人生最後可以盡情在籃球場上揮灑汗水的機會，他本來希望至少可以帶領球隊走到冠軍賽，要輸也要輸給乙級最強的向陽高中才甘心，可是現在卻僅僅在四強賽就輸給光北高中。

不甘心、自責、失落的情緒混雜在一起，成了滾燙的淚水，不斷從小前鋒的臉上落下。

小前鋒一哭，其他的球員也受不了，坐在椅子上痛哭出聲，他們真的好想贏球，為了乙級聯賽，為了不留下遺憾。

他們放棄了所有娛樂，咬牙撐過一天又一天的訓練，因為他們真的、真的、真的好想要贏球。

看著球員痛哭流涕，瑛大附中的總教練心裡也有著許多感慨，為了這次前往甲級聯賽的門票，他用非常

「狠」的方式訓練球員。

他本來以為自己有點過火，但是沒有半個球員抱怨，所有人都為了這次的乙級聯賽全力以赴，不管多苦的訓練都捱了過來，沒想到連這張門票的邊都沒摸到，這趟旅程就結束了。

總教練讓子弟兵在椅子上好好的發洩情緒，把時間跟空間留給他們，這時候突然有一道聲音在他身後傳來：「不好意思。」

總教練轉過身，看著眼前的陌生人，皺起眉頭。在他開口說話之前，陌生人先遞出了名片，「言總教練你好，我是《籃球時刻》的編輯，想借用您一點時間作採訪。」

言總教練看著手上的名片，又看了苦瓜一眼，「《籃球時刻》，是那間很有名的雜誌社嗎？」

苦瓜點頭稱是，言總教練同樣點頭，答應了苦瓜的採訪邀約。

苦瓜拿起手機，開啟錄音功能，「今天瑛大附中的拚戰精神非常感人，到最後一刻依然沒有放棄，在我眼裡，今天這場比賽不管誰獲勝都值得大家的掌聲。」

言總教練微微頷首，「我代替球員謝謝你。」

苦瓜一番客套後切入正題，「先發球員除了中鋒之外，其他四個球員在這場比賽都上場超過三十五分鐘的時間。在第四節一開始讓先發球員休息兩分鐘之後，他們上場面對雙位數的落後，一度把比數追到只剩一分落後，可是之後比數又被光北拉開。請問言總教練認為造成這場比賽勝負的關鍵，是因為先發球員體能耗盡的關係嗎？」

言總教練篤定地搖了頭，「不是，決定這場比賽勝負的就只是光北在關鍵時刻抗壓性比我們好。尤其是最後五分鐘才上場的二十四號球員，他徹底主宰比賽，我們守不住他。他們的中鋒也跳出來搶下了非常重要的籃板球。第一年創隊就有如此驚人的表現，我們輸得心服口服。」

「整體上，瑛大附中今天的防守做得非常出色，可是最後卻敗在光北高中的個人單打，對於這一點，言總教練有什麼話要說嗎？」

「我確實沒有想到會在高中聯賽看到這樣的場面，這在台灣非常罕見，不過他也讓我重新見識到台灣新生代球員的無限潛力，雖然我不記得那名二十四號球員的名字，但是我衷心期待他未來可以往更高的地方走。」

「好，謝謝言總教練。」苦瓜結束採訪，關閉錄音。

「謝謝。」

看著言總教練的背影以及依然在哭泣的球員，苦瓜心中其實還有一個問題沒有問出口——請問言總教練對於光北第一年創隊就打進冠軍賽有什麼樣的看法？

可是苦瓜想了想，覺得這個問題對於言總教練以及瑛大附中實在過於殘忍，瑛大附中經歷了那麼多才走到這個地方，卻輸給了今年才剛創立籃球隊的光北高中，他實在不忍心在傷口上灑鹽。

苦瓜轉身，走向正好結束採訪的蕭崇瑜，蕭崇瑜看到苦瓜朝自己走過來，把手機遞了過去。

苦瓜拿過手機，馬上播放錄音，蕭崇瑜與李明正的聲音隨即傳來。

「李教練，雖然同樣這句話我不知道已經說幾次了，還是要再次恭喜光北隊贏球，拿到了爭奪冠亞軍以及甲級聯賽門票的資格。」

李明正淡淡地回應道：「謝謝。」

「冠軍賽五天後才會開打，請問李教練在這幾天有打算做什麼特別的準備嗎？」

「明後天我們會根據向陽高中的特性擬定戰術，其餘的部分就是用平常心去面對，照平常的方式練球，幫助球員建立心理準備。」

「今天第四節比賽中，詹傑成跟麥克明顯出現抗壓性不足的情況，請問對於他們，李教練會怎麼解決這個問題？」

「我們會幫助他們提升自信心，不過抗壓性的提升是一種過程，不可能在一夕之間完成，但是經過今天的比賽，我相信他們會有所成長。」

「光北第一年創隊，能夠打進冠軍賽實在是非常驚人，不過光北也有一些明顯的缺點與弱點，與向陽高中相比，光北在防守上缺乏了一些穩定性，進攻上也有一些隱憂，五天後就要打冠軍賽，李教練會怎麼去處理這些問題？」

李明正沉默一段時間，緩緩說道：「進攻就是最好的防守。」

「好，謝謝李教練。」

「謝謝。」

「進攻就是最好的防守？」錄音結束，苦瓜咀嚼李明正話語中的含意，一副若有所思的樣子。

光北隊個人表現：

高偉柏，十六分，十四投八中，罰球三投零中，五籃板，兩助攻，一火鍋。

魏逸凡，十六分，十五投八中，六籃板，一助攻，一火鍋，一抄截。

李麥克，八分，四投四中，十六籃板，零助攻。

楊真毅，十分，七投五中，五籃板，四助攻，一火鍋。

詹傑成，兩分，兩投一中，兩籃板，八助攻。

李光耀，十四分，五投四中，三分球二投二中，罰球四投四中，零籃板，五助攻，一火鍋，兩抄截。

包大偉，十分，七投五中，零籃板，一助攻，兩抄截。

王忠軍，九分，三分球三投三中，零籃板，零助攻。

★

隔天早上，凌晨四點半。

在擊敗瑛大附中的隔天，李光耀沒有讓自己休息，跟平常一樣凌晨四點起床，現在已經熱身完畢，在庭院籃球場上練習跳投。

唰！

李光耀第一球就空心命中，感受到今天的手感不錯，不禁加快練球節奏。

李光耀專心地練習投籃，腦海中浮現昨天比賽結束後，瑛大附中球員失望地坐在椅子上的模樣。

這讓李光耀不禁回想起他從美國剛回到台灣的時候。

他在入學東台國中的第一天就馬上報名籃球隊，並在自我介紹時，對著國二、國三學長與教練說——

「我叫李光耀，目標是三年內帶領球隊拿到冠軍！」

說完之後，四周非常安靜，過了幾秒鐘，所有的國二、國三學長放聲大笑，甚至有人笑到連眼淚都流出來。

東台國中已經很多年沒有打出像樣的成績，甚至被公認為實力最弱的學校，這個毛都還沒長齊的國一生竟然敢在這裡大放厥詞，讓他們實在無法不嘲笑李光耀的不自量力。

「天啊，這個學弟以為現在是在拍電影嗎？把自己當成救世主了？」

「太好笑了，你剛剛有聽到嗎，三年內要拿到冠軍，就憑這個矮冬瓜！」

「學弟，你是不是卡通或漫畫看太多了？」

李光耀聽著國二跟國三學長的嘲笑聲，看著他們捧腹大笑的模樣，甚至連教練都搖頭失笑，讓李光耀知道這支球隊已經喪失應有的自信心與榮譽心。不過這絲毫沒有打擊李光耀的決心，對他來說，越是困難的挑戰，越是可以激發出他的鬥志與潛力。

開學一週後，球隊開始正式訓練，李光耀這才知道他面臨的困境比想像中更可怕。

球隊集合時間到，國二跟國三的學長卻沒有半個人出現，教練彷彿也已經習慣這種情況，就叫所有準時抵達操場，又傻又聽話的國一生去跑操場。

跑完步之後，國二、國三的學長才姍姍來遲，臉上絲毫沒有半點愧疚，嘻笑打鬧地走了過來。教練對這種行為也沒有多說什麼，直接分組打全場五對五。

分組的方式是，國二與國三最強的五個人一組，國一新生最矮的五個人一組。

李光耀國一的時候身高雖然才一百五十八公分，並不算高，但國一球員中還有人比他更矮，所以他一開始並沒有辦法上場打分組對抗賽。

李光耀當時真的猜不透教練的想法，或許教練是想要藉由這種實力懸殊的對抗賽來檢視國一新生中有沒有資質不錯的球員，但在李光耀眼裡，這個教練只是想要藉著國二與國三學長的手來下馬威而已。

對於李光耀來說，這是種非常可惡的行為，

尤其他從小就待在李明正身邊，耳濡目染認識到許多關於籃球教練的職責與義務，更是讓他打從心底無法認同這位教練的做法。

分組對抗才開始沒有多久，國二、國三的學長馬上拉開超過二十分的差距。身兼裁判的教練，判決也很明顯倒向學長那方。國一的球員上籃除非被撞倒在地，否則學長永遠不會被吹判犯規，反觀新生在防守的時候只要輕輕碰到學長，教練就會立刻吹哨，極為不公平的待遇讓第一節比賽的差距輕而易舉就來到三十分以上。

第一節比賽結束，場上所有的國一新生好像受盡折磨之後解脫一樣，失魂落魄地走下場。從他們的眼神中，李光耀看得出來他們對這個籃球隊已經喪失任何期待與熱情。

李光耀非常憤怒，而教練似乎發現他的熊熊怒火，在第二節一開始把他換上場，用挑釁的語氣對他說：

「來吧，讓我看看你要怎麼帶領這支球隊奪冠。」

這句話，讓李光耀心中對教練的最後一絲敬重完全消亡。當他一踏上場，四周立刻傳來學長們的嘲諷

「唉呀，這不是上個星期說要拿冠軍的學弟嗎？想必實力一定很強！」

「嘿，學弟，別對我們手下留情，讓我們見識一下你過人的實力啊！」

「是啊，學弟，我想要拿冠軍，快點帶領我，我實力很弱的，萬事拜託了！」

李光耀沒有多說話。

在籃球場上，實力才是一切。

註三：籃球習慣用法，指球被防守球員按在籃板上，就好像是用鐵鎚把釘子釘在牆壁上一樣。

第七章

第二節比賽一開始，李光耀只對隊友說一句話：「把球給我。」

接下來，他真的讓學長還有教練見識到他的實力──李光耀幾乎是憑一己之力在紮實的基本動作、快速的切入第一步、成熟的跳投技巧、驚人的觀察力。

第二節逆轉了這場對抗賽，讓原本大聲嘲諷他的學長跟等著看好戲的教練完全說不出話來。

只不過，第二節結束以後，教練直接把他換下場，讓學長得以繼續在場上屠殺國一的新生。

這樣的情況持續了整整一年的時間，不管是對外比賽或者是球隊裡的分組對抗賽，李光耀永遠都坐在板凳上，被教練給冷凍起來，理由很可笑，「你的個性太衝，坐在板凳上好好反省自己。」

李光耀就這樣在板凳席反省了整整一年的時間，這一年之間他比誰都努力練球，他的努力所有人都有看見，可是學長只是不停的嘲諷。

同樣是國一新生的球員大部分都退出籃球隊了，留下來的僅僅只有三個人。這三個人雖然很欣賞李光耀的努力，也很喜歡李光耀這個人，卻不敢違抗學長與教練。

這種情況一直到李光耀升上國二那一年才有了改變，因為東台國中叫原本的教練打包走人，聘請另一位擁有豐富執教經驗的教練。

這位教練的名字是，李明正。

李明正執掌教鞭，第一件事就是改正籃球隊的風氣。

首先要求的就是準時練球，遲到一分鐘多跑一圈操場。這樣要求一個星期之後，國三的球員全退出籃球隊。

改正球隊的風氣後，李明正接下來要求的是態度。

他很清楚明瞭地表示自己只要真正想打球的球員，為了贏球，之後的訓練會非常的辛苦，如果沒有足夠的決心最好趕快退出籃球隊。

讓李光耀非常慶幸的是，跟他同年級的三名國二生都選擇了留下來，而國一新生裡也有很多鬥志高昂的學弟。

不到一個月，籃球隊在李明正的帶領下散發出與之前完全不一樣的氣息，每一個人都非常努力地投入在籃球隊裡，服從指示，認真練球。

在這種情況之下，球隊實力提升的非常快，不過李明正畢竟不是神，沒有扭轉現實的能力，所以東台國中儘管在東部國中聯賽的成績突飛猛進，但是最後止步八強。

短短幾個月的時間，東台國中從一支吊車尾的球隊打進八強，東台國中的校長非常滿意，知道籃球隊本來模樣的球員也很高興，但是卻有兩個人非常不滿意，這兩個人分別是李明正與李光耀。

於是在國中聯賽結束之後的暑假，李明正做了一張意見表，詢問球員是否有意願在暑假兩個月裡參與練球，同時也詢問了球員家長們的意見。

讓李明正深感意外的是，他得到的全部都是正面的回應，有的家長甚至在意見表上寫了感謝他的話語——

「我兒子加入籃球隊之後，就不會成天到處亂跑惹事生非讓我們擔心，李教練，真的非常謝謝你。」

「太棒了，李教練，我正煩惱這兩個月不知道該送兒子去哪裡好，打籃球很好，我聽說打籃球的孩子不會變壞，我兒子就交給你了，萬事拜託了。」

「李教練，我兒子自從加入籃球隊之後整個人都變的不一樣了，更有自信，走路會抬頭挺胸，真的很謝謝你的教導，暑假也麻煩你了，謝謝。」

李明正看著一張又一張意見表，獲得家長的支持與認同讓他十分感動，馬上著手擬定這兩個月的訓練計畫。不過他也當過國中生，他知道暑假對於任何一名國中生的意義都是重大的，因此他決定放球員三天暑假。

三天過後，暑假結束，地獄開始。

在這兩個月的球隊訓練期間，李明正打穩球員的基礎，加強球員的體能，根據球員打球的特性與習慣增進球員的能力，整支球隊宛如脫胎換骨。

而在這兩個月的時間裡，李光耀整整長高了十公分，身高來到一百七十五公分，肌肉、骨骼的發育讓他擁有更強大的爆發力、彈跳力、滯空力、肌耐力，讓他統治比賽的能力整整往上提升了一個台階。

不過李明正明白這樣還是不夠，在開學之後不斷報名比賽，增加球隊的經驗，利用比賽磨合團隊默契，然後在連續拿下三座小比賽的冠軍之後，再度報名了國中聯賽。

這一次，帶著絕無僅有的強大氣勢，東台國中不再是以前那一隻又病又瘦的狗，而是一頭仰天怒吼的雄獅，一路橫掃擋在面前的敵人，以狂風掃落葉之勢登上了冠軍寶座，闊別十六年之後再次拿下國中聯賽冠軍。

因為過往在東台國中的經驗，李光耀知道單是讓球隊變強都非常困難，更別提是從無到有的過程。所以一開始到光北高中，他以為自己要花非常多心力組一支籃球隊，沒想到新生演講上新校長就說要創立籃球隊，省了他很多麻煩。

雖然導師沈佩宜反對班上的人參加籃球隊，然而相較於組籃球隊，沈佩宜帶給李光耀的麻煩小到幾乎可以視而不見。

不過當初東台國中至少原本就有籃球隊，可以吸引到一些想要打球的學生。但是光北高中一直以來都是升學取向的高中，突如其來地要創立籃球隊，短時間內也絕對吸引不到有經驗、有球技的球員。

李光耀當時心想，自己在光北面臨的處境比起東台國中時還要糟糕好幾倍，但是過沒有多久，天上掉了第一塊大餡餅下來，上面寫著魏逸凡。

李光耀怎麼想也想不到，光北高中竟然藏了一個魏逸凡。

親自與魏逸凡交手過後，李光耀發現魏逸凡的實力非常強，是一個如果他不使出渾身解數對付絕對打不贏的球員。

除了魏逸凡之外，還有打球冷靜的楊真毅，資質潛力絕佳的詹傑成，認真苦練的包大偉，死不服輸的謝雅淑，身體條件嚇人的李麥克，三分神射的王忠軍。

漸漸地，籃球隊的雛形出來了。

讓李光耀更驚訝的是，校長、總教練居然都是老爸的好朋友！因此李明正很快也進到籃球隊來，帶領球隊前往丙級聯賽。

又過了不久，天上掉了第二塊餡餅下來，上面寫著高偉柏。

比起魏逸凡，高偉柏的打法更有爆炸性，傲人的身體條件可以讓他像是一頭蠻牛一樣在禁區裡面左衝右撞。有了高偉柏的加入，光北的禁區攻防兩端的能量瞬間提升。

有著擁有甲級實力的魏逸凡、高偉柏，控球天才詹傑成，防守達人包大偉，三分神射王忠軍，籃板專家麥克，冷靜全能楊真毅，精神支柱謝雅淑，球隊一路走的非常順利。雖然也有遇到像是蔣思安這種超越乙級聯賽等級的球員，不過光北依然過五關斬六將。

彷彿只是一眨眼的時間，光北距離乙級聯賽的冠軍寶座只有一步之遙，這是李光耀剛進光北高中時連想都不敢想的事情。

都已經走到這種地步，李光耀不想輸，他想要登上冠軍寶座，繼續往上爬，跟更強的球員交手，擊敗他們。

這就是他的計畫，成為台灣最強高中籃球員的計畫！

唰！

想著這些事情的時候，李光耀投進了第一百球。他彎下腰將球撿起，看著東方的天際露出曙光，面對陽光，露出充滿自信的笑容。

「向陽高中，抱歉了，這個冠軍寶座我是絕對不可能讓給你們的。」

★

結束今天早上的自我訓練，李光耀回到家裡沖了澡，拿起後背包，開始一段長達十公里的路跑。

冒著一身大汗抵達學校之後，李光耀照慣例到廁所換上乾淨的制服，快步走到一年五班。一想到等一下要做的事情，李光耀本來已經降速的心跳又加速起來。

李光耀心裡不斷想著，等等去找謝娜的時候，一定要穩住緊張不安的情緒，不要把事情搞砸，好好解釋事情的經過，獲得謝娜的原諒。

就在李光耀一邊思考待會要對謝娜說的話，一邊走進一年五班時，他看到他的座位再一次被霸占，而坐在他座位上的正是讓他與謝娜陷入冰點的凶手。

劉晏媜。

李光耀一看到劉晏媜，整個臉頓時沉了下來。劉晏媜則是緊張地馬上站起來，把座位還給李光耀，「早啊。」

李光耀輕輕點頭，很冷淡地說：「早。」

李光耀的回應讓劉晏媜鬆了一口氣，雖然李光耀明白地表現出他的不開心，但至少李光耀沒有不理她，沒有把她當空氣。

劉晏媜迅速地從袋子裡拿出一罐保溫瓶，放到李光耀的桌上，「香蕉牛奶，給你的，恭喜你們又贏了。」

李光耀看了劉晏媜一眼，「不用。」

李光耀的拒絕像是一把匕首，輕而易舉地在劉晏媜心上劃下一道傷痕。

劉晏媜輕咬下唇，並沒有把保溫瓶拿回去，而是說：「對不起。」

李光耀驚訝地看著劉晏媜，劉晏媜咬著牙繼續說：「我知道因為我的關係，讓你跟謝娜之間出現一些誤會，可是你要我怎麼辦？我喜歡你，就算我知道你喜歡的是謝娜，我也沒辦法因為這樣就不喜歡你。我只能竭盡所能的討好你，做一些我之前不曾做過的事情，希望你會喜歡上我。」

劉晏媜拿起保溫瓶，「就像這個香蕉牛奶，我這輩子進廚房除了煮泡麵跟翻冰箱之外還不曾做過其他的事情。但是為了你，我學會用果汁機打香蕉牛奶，因為我知道香蕉牛奶可以補充營養。我親手煮早餐給你，是因為我要和其他去早餐店買早餐的女生有所分別。還有擁抱，你以為我不懂矜持嗎？還是你以為我是很厚臉皮的女生？我只是希望藉由擁抱讓你記住我的味道，希望可以在你心中擠出一點點位置，我所做的一切都是想讓你喜歡我，不是讓你討厭我。」

聽著劉晏媜一口氣把這些話說完，李光耀沉默片刻，嘆了一口氣，看著劉晏媜，「謝謝妳。」

聽到這聲謝謝妳，劉晏媜臉上微微露出一絲笑容。因為她知道這聲謝謝妳，代表李光耀原諒她了。不過李光耀接下來說的話，卻讓她臉上的笑容僵住了。

「但是對不起，就跟妳說的一樣，我喜歡的是謝娜。」

李光耀見笑容在劉晏媜臉上消失，取而代之的是濃濃的失落，心中出現了不忍的情緒，可是現在比起安撫劉晏媜，他還有更重要的事情要做。

李光耀把後背包放在椅子上，大步離開一年五班，昂首闊步地走向一年七班。

看到謝娜安靜地坐在座位上，身邊同樣圍繞著一群人，他深吸一口氣，鼓起勇氣，筆直地走向她。

圍繞在謝娜身邊的人本來還在吱吱喳喳，七嘴八舌，一看到李光耀走進來，瞬間都閉上了嘴，不再說話。

謝娜的好姐妹小君，輕輕點了謝娜的肩膀，「他來找妳了。」

小君看著李光耀大步走過來，叫圍繞在謝娜身邊的人讓開，讓李光耀可以與謝娜面對面說話。

李光耀看著謝娜，心跳猛然加速，腦袋一片空白，之前想好的台詞好像長了翅膀，全部從他腦袋裡飛走。

李光耀努力壓下緊張的情緒，暗罵自己是怎麼了，之前在球場上不管面對如何關鍵的時刻他都不曾如此緊張，現在只是要跟謝娜道歉而已，怎麼心臟好像快從胸口裡跳出來似的。

李光耀艱難地吐出一個字：「早。」

謝娜坐在椅子上，神色緊繃地看著李光耀，「早。有什麼事嗎?沒有事的話請不要打擾我們聊天。」

李光耀吞了一口口水，逼自己鎮定下來，要獲得謝娜原諒，首先得從這三個字開始。

「對不起。」

謝娜眉頭皺起，「為什麼要說對不起，你又沒有做出任何對不起我的事情。」

謝娜的回應讓李光耀愣住，因為這代表謝娜否認他們之間心靈上的碰觸，否認之前眼神裡只有彼此的深情，否認自己在她心中占有一定的位置。

李光耀頓時手足無措，舌頭像是打結一樣說不出話來，心裡慌亂的情緒讓他不知該如何是好，這是他生平第一次遇到這種控制不了心跳跟舌頭的情況，腦袋有一堆話想說，可是卻不知道從何說出口，看著謝娜的臉，李光耀心一橫。

管他的，反正按照老媽說的，真心誠意就對了！

李光耀深吸一口氣，對著謝娜大聲說：「我喜歡妳，我、喜、歡、妳！」

瞬間，角色互換，因為李光耀突如其來的告白，本來打算繼續欺負李光耀的謝娜舌頭像是打結一樣說不出話來，心臟怦怦亂跳，暗自惱恨自己——

這幾天他害妳失眠妳都忘了嗎？

這幾天因為他妳連飯都吃不下，刷牙時擠了洗面乳，妳不是說當他來找妳的時候，妳一定要讓他難堪，妳一定不會原諒他，妳絕對不會理他的嗎！？

怎麼現在他才說了幾個字妳就說不出話來了，妳這個沒用的女人，他才說八個字，才八個字而已，妳就心軟了！

李光耀看到謝娜臉紅，表情和緩下來，心裡的緊張也跟著舒緩一些。

他走到謝娜身邊，蹲了下來，近距離看著謝娜那完美無瑕的臉龐，溫柔地說：「其實我早就想過來找妳，可是因為我……對這種事沒有經驗，也要準備比賽，所以一直到今天才提起勇氣過來。我知道妳一定很生氣，妳要打我或罵我都沒關係，可是請妳先讓我把話說完。」

李光耀見謝娜雖然沒有說話，可是也沒有明顯拒絕他，便試著讓自己冷靜，用最簡短的方式將那天發生的事情說了出來。

「那一天跟今天一樣，都是前一天晚上有球賽，所以早上沒有練球，讓我有時間可以過來找妳。可是那天我一到教室，劉晏媜帶了香蕉牛奶跟她自己做的早餐在等我。我心裡想要過來找妳，所以隨便找了一個理由叫她離開，但是她對我張開雙手，要我抱她，如果我不抱她，她就不走。為了趕快過來找妳，我就抱她，然後就是妳看到的那樣……」

聽著李光耀的解釋，謝娜臉色又變得緊繃，「你騙人，最好……」

她不相信這種像在演電視劇的劇情會在現實生活中發生，一定是李光耀在騙自己。

謝娜火氣立刻冒了上來，正想要開口反駁時，卻被一道聲音打斷：「他沒有騙妳，事情就跟他說的一樣。」

李光耀與謝娜同時往聲音方向看去，發現劉晏媜不知道什麼時候走進一年七班。

劉晏媜語氣哽咽，淚水在眼眶裡打轉，「李光耀說的都是真的，妳認識他這麼久，他什麼時候對妳說過謊？」

劉晏媜的出現讓李光耀跟謝娜都愣住了，她眼中的淚水滴落臉龐，看著李光耀跟謝娜，逼自己露出微笑，「你們看起來很登對，祝福你們。」

話一說完，劉晏媜摀著嘴，跑出一年七班。

劉晏媜的出現跟離去都太過突然，讓李光耀跟謝娜一時間反應不過來，第一個回神的還是謝娜最好的朋友，小君。

小君微微搖了搖謝娜的肩膀，「好了，人都出現了，證明李光耀沒有對妳說謊，現在呢？」

這時，李光耀也回過神來，輕輕說道：「謝娜，那一天真的是意外。就跟劉晏媜剛剛說的一樣，我不會對妳說謊，所以妳應該還記得吧，我剛剛對妳說，我喜歡妳。」

李光耀的話就像重磅炸彈，炸得謝娜腦袋一片空白。

謝娜臉上布滿紅霞，看著李光耀認真的臉龐，心臟怦怦亂跳，一股異樣的感覺衝上心房，讓她不知道該如何是好。

不僅謝娜，李光耀現在也非常緊張，緊張到大腦裡掌管語言的布洛卡區似乎過熱當機，讓他的語言能力大幅下降。

這時候李光耀才知道，原來電視劇跟電影演的都是騙人的，在自己深深喜歡的女生面前告白，什麼甜言蜜語都說不出口，腦袋裡只剩下最簡單的語言。

李光耀真誠地看著謝娜，用德語將這三個字說出口：「Ich liebe dich（我愛妳）。」

謝娜的臉更紅了，如果是平常的她，一定會因為身邊這一群喜歡亂傳流言蜚語的朋友存在而將李光耀趕走，可是心裡面甜滋滋的感覺打亂她所有思考，讓她的世界當中只有李光耀的存在，現在她只想要聽李光耀接下來要說的話。

「這幾天沒有看到妳，讓我每天都花很多時間在想妳。昨天晚上教練派我上場的時候，我站上場第一件事是抬頭往上看，看妳有沒有在觀眾席，但是妳不在。當下我很失望，因為我好希望妳來看我打球，就算妳只是坐在椅子上靜靜地看球，我的心裡都會湧現出一股很強大的力量，讓我在場上可以更專注。

「我……我也不知道該怎麼說，對我而言，妳是一個很特別的女生，一直以來我的世界就只有籃球，籃球跟家人是我生命的全部。曾經我以為這種情況會一直持續到很久很久以後，但是妳卻闖進我的生命，而且就這麼硬生生的在我的世界跟心中占據了無人可以取代的位置。說起來妳也很可惡，因為妳根本沒有問過我的意見，就像是惡霸一樣在我的心裡住了下來，只要一個動作就可以輕易地影響我的情緒。

「謝娜，妳知道嗎，就算只是遠遠地看到妳，都可以讓我覺得很開心。每一天睡前躺在床上，只要閉上雙眼，妳的身影就會浮現在我的腦海當中，陪伴著我入睡。我真的很喜歡妳，而且喜歡妳的程度一天一天加深，已經到我沒辦法克制的地步。」

李光耀吞了一口口水，為了接下來要說的話所要鼓起的勇氣，不亞於在第四節最後十秒鐘執行最後一擊。

「謝娜，我……」

噹噹噹噹噹、噹噹噹噹……

正當李光耀要把最重要的話說出口的瞬間，上課鐘聲響起，一時間把李光耀的聲音壓了過去，也因為如此，謝娜沒能聽到李光耀說的話。

「你說什麼？」謝娜心裡著急，大聲問道。

李光耀好不容易鼓起勇氣把這輩子最難為情的話說出口，沒想到謝娜竟然沒聽到！這種結果他想都沒想過，一時間勇氣跑得連影子都沒看到，更別提要把剛剛的話再說一遍了。

李光耀臉色大紅，「我們下星期一晚上要比冠軍賽，這場比賽非常重要，妳一定要過來看，上課了，我先走了！」

話一說完，李光耀逃也似的跑回一年五班。

★

早上第二節，導師辦公室內。

楊信哲利用空堂時間，埋首於辦公桌上，專注地看著電腦螢幕。昨天晚上就把向陽高中所有影片跟數據都下載好的他，眉頭緊皺，右手拿著筆，正在筆記本上紀錄重點。

「向陽高中平均勝分三十二點一分，乙級聯賽歷史最高。」

「平均得分九十二點二分，今年乙級聯賽最高。」

「禁區得分效率非常驚人，命中率高達百分之六十九點二。」

楊信哲不斷在筆記本上添加新的註記，雖然早就聽說向陽高中很強，但是他不知道向陽高中竟然可以這麼強。

楊信哲眉頭緊緊皺著，向陽高中擁有非常好的團隊默契，而且打法可快可穩，可以在陣地戰蹂躪對手的防守，也可以利用全場壓迫性防守一口氣摧毀對手的防線與士氣。

不管是外圍或者禁區的攻勢，向陽高中都擁有非常高的水準，尤其是禁區，攻擊力更是光北從未遇過的強悍。

看到一半，楊信哲暫停影片，讓痠澀的雙眼略微休息。

楊信哲靠在椅背上，閉上雙眼，腦海中出現的是向陽高中可怕的禁區三人組。

小前鋒、大前鋒身高都在一百九十公分以上，中鋒更是來到兩百零三公分。

除了身高之外，不管是進攻腳步、防守能力、搶籃板球都擁有傲人的表現，尤其是中鋒，平均每場比賽只上場二十五分鐘就能輕鬆拿下二十分、十籃板、三火鍋的驚人數據，絕對是今年乙級聯賽最可怕的禁區怪物。

楊信哲深深地感到擔憂，因為光北在乙級聯賽將首次面對禁區的劣勢。麥克的進步雖然很快，但是他絕對守不住向陽的中鋒。改叫高偉柏去守，面對十公分的身高差距，如果高偉柏因此陷入犯規麻煩，那麼光北的處境會更加艱難。

要贏下這場冠軍賽，禁區的身高劣勢是光北首先必須要克服的地方，楊信哲現在就可以預見到時候禁區一定會陷入苦戰，不管是進攻、防守、籃板球，光北都必須全力以赴才有一拚之力。

除了禁區之外，向陽的後衛同樣也不容小覷。一想起向陽的後衛群，楊信哲的眉頭緊皺，表情顯得更加憂愁。

比起禁區的不動先發三人組，向陽在每一場比賽都會按照對手的弱點與打球特性派出不同的後衛組合，就楊信哲觀察，主要有四名後衛球員在輪替。

其中兩名身高超過一百八十公分，屬於外線很準，組織進攻有一定水準的後衛。而另外兩名身高大約只有一百七十公分出頭，但是速度很快，是向陽高中採取全場壓迫性防守時一定會派出的兩名後衛。

比起禁區，向陽的四名後衛表現並沒有那麼突出。可是讓楊信哲擔心的是，光北的禁區還有高偉柏、魏逸凡、楊真毅，但是外圍就只有李光耀，其他人的弱點都太過明顯，王忠軍、詹傑成防守腳步慢，包大偉除了快攻上籃之外就幾乎沒有任何進攻能力。

相較於禁區，楊信哲更擔心光北的後衛群會成為向陽高中狂轟猛炸的目標。

不僅如此，除了防守之外，楊信哲也看不到光北在進攻上有任何優勢。

禁區雖然有魏逸凡跟高偉柏，但是楊信哲知道他們之前打的位置是小前鋒，偶爾才會因為陣容上的調整打到大前鋒。

因為光北禁區身高的關係，他們總是會有一個人打到大前鋒甚至中鋒的位置，雖然之前總是能夠碾壓對手，但那是因為他們在實力上有優勢，如果對上向陽高中，楊信哲擔心這個優勢會被身高的劣勢抹煞掉。

外圍後衛更不用說了，目前有足夠的防守能力擋下向陽後衛的只有兩個人，李光耀跟包大偉，可是包大偉的進攻能力近乎零，在進攻端幾乎可以直接把包大偉排除。

而擁有外圍三分線能力的王忠軍防守實在太弱，如果擺上場，王忠軍所帶來的貢獻絕對不足以彌補防守時造成的傷害。

詹傑成則與包大偉一樣，在向陽高中的防守面前根本不用期待能夠在進攻端帶來任何貢獻。

在外圍攻勢沒辦法造成向陽威脅的情況下，楊信哲非常擔心向陽會肆無忌憚地縮小防守圈，完全封死魏逸凡跟高偉柏。

楊信哲睜開雙眼，看著螢幕喃喃自語，「下一場比賽這麼重要，對手又是擁有甲級實力的向陽高中，李教練總該解開對李光耀的限制了吧。」

話一說完，楊信哲搖搖頭，「不行，我不能認輸，我一定要找出向陽高中的弱點。」

楊信哲眼神散發出一道名為堅定的光芒，「我一定要幫助光北拿下冠軍，前進甲級聯賽！」

★

早上九點鐘，李家庭院籃球場。兩道身影正在籃球場上揮灑汗水，進行一對一單挑。

持球進攻的人是李明正，防守的赫然是楊翔鷹。

李明正運球，似乎在思考該用什麼進攻方式得分，楊翔鷹則不斷試著要抄李明正的球，但是李明正護球的動作做得很好，楊翔鷹根本抄不到球。

李明正左手運球，一個壓肩往左切，楊翔鷹往後退，李明正趁機收球拔起來，急停跳投出手，球劃過彩虹般的美妙弧線，空心命中，瀟灑俐落。

楊翔鷹走到籃框底下撿球，把球丟給已經站到三分線外的李明正，李明正穩穩地接住球，等待楊翔鷹的防守過來。

楊翔鷹走向李明正，蹲低身體，展開雙手，右手不斷在李明正眼前亂晃，想要干擾李明正的視線，不讓他瞄籃，但是李明正絲毫不受影響，直接拔起來，旱地拔蔥式的跳投出手。

唰！

球劃過美妙的拋物線，再次精準地落入籃框之間。

「十比零，還要繼續打嗎？」李明正流著大汗，勾起自信的笑容，看著楊翔鷹。

楊翔鷹心裡感到洩氣，在他的防守之下，李明正竟然十投十中，但是這不代表他認輸，「當然，我還沒打贏你。」

李明正哈哈大笑，「學長，我怕這一天永遠不會出現。」

楊翔鷹撿起球，用力地傳給李明正，又開始另一輪激烈的對抗。

李明正與楊翔鷹在籃球場激鬥了整整一個小時。

身為上市公司的董事長，楊翔鷹雖然平常事務非常繁忙，但每個星期一定會抽出三天運動，時間皆長達半個小時以上，體能跟體態都維持一定的水準。所以在這一小時的一對一單挑裡，楊翔鷹的腳步始終沒有慢下來。

儘管如此，兩個人實力的差距實在太大，楊翔鷹在這一小時只在李明正頭上拿下一分，而李明正似乎把楊翔鷹當作幫忙撿球的小弟，進攻方式永遠都是外線跳投，帶一步跳投、轉身後仰跳投、後徹步跳投、旱地拔蔥式跳投，命中率奇高無比。

籃球場不斷傳來唰聲，而楊翔鷹也一直跑到籃底下撿球，傳給李明正。

這場一對一單挑一直持續到林美玉打開落地窗，對兩人吆喝道：「西瓜切好了，趕快過來吃。」

李明正聽到親愛老婆的叫喊聲，對楊翔鷹說：「休息一下吧，學長。」

楊翔鷹心中暗恨自己竟然只拿一分，不過礙於時間上的關係，讓他就算想要復仇也只能點頭贊同，「好，借用一下你家浴室。」

李明正露出爽朗的笑容，「那有什麼問題。」

李明正回到家裡，將楊翔鷹帶到二樓的客房浴室，自己則回到房間裡速速沖了一個熱水澡，換上一身乾爽的衣服，到客廳享用林美玉切的西瓜。

李明正一口接著一口，眨眼間盤子裡的西瓜只剩下一半，林美玉連忙阻止李明正，「客人還在，你不要一個人把水果全部吃完了。」

李明正哈哈大笑，這才放下手中的叉子。

這時楊翔鷹換上一身正式西裝，梳好油頭，渾身上下充滿了身為一家上市公司領導者的幹練氣息，從二樓走了下來。

李明正看著楊翔鷹的模樣，笑道：「學長，打完球還有力氣管理公司嗎？」

楊翔鷹露出笑意，「等一下有飯局，先運動一下消耗一些熱量，不然有了年紀，肚子一不小心就變大了。」

李明正做出請的手勢，「來，西瓜很甜，而且剛從冰箱裡拿出來，冰冰涼涼的，吃起來很爽快。」

楊翔鷹也不推辭，對李明正與林美玉點頭致意，「好，謝謝。」

楊翔鷹把手中的行李放到一旁，在沙發上坐穩後對李明正說：「球館的事情我處理好了，之後如果有需要，你們隨時可以使用。」

「太棒了，有一個建設公司的董事長當靠山，感覺真好。」

坐在李明正身邊的林美玉推了李明正一把，「你正經一點，不要這麼沒禮貌。」

楊翔鷹擺擺手，臉上帶著笑意，顯得無所謂，「沒關係，他從以前就是這副德性，我已經習慣了，如果他突然變的太客氣我還會覺得奇怪。」

李明正哈哈大笑，轉頭看向林美玉，「妳聽到了吧。」

楊翔鷹看著李明正爽朗的模樣，心裡出現一絲羨慕。

這麼多年來李明正完全沒變，始終是他記憶裡的模樣，反觀自己，經過商場這好些年的歷練，爬到今天這個大多數人羨慕的地位，他已經不知道犧牲了多少「自我」，偶爾回想起來，也不確定這樣的犧牲到底值不值得。

楊翔鷹很快地又把注意力轉移到西瓜上，過去的事情已經過去，就算再怎麼想時光都沒辦法倒流。吃了兩塊西瓜之後，楊翔鷹看了眼手上的錶，便拿起電話打給司機，「過來接我。」

李明正說：「這麼快就要走了？」

「等一下的飯局在高雄，要早一點出發。」

「你這個貴人，平常這麼忙，今天怎麼會有空過來找我打球？」

「上個星期剛從日本回來，回來之後馬上接著處理公司的事情，已經有兩個星期的時間沒有好好運動。剛好葉校長跟我說光北打進冠亞軍賽，就讓我想起你之前說你家有籃球場，想要打隨時可以過來，今天剛好有空檔就來了。」

「哈哈哈，很好，只要你想要打球，我隨時奉陪。」

楊翔鷹含笑點頭，「這可是你說的。」

「當然。」李明正大方允諾。

「昨天校長跟我說光北打進冠亞軍賽的時候，我有上網稍微瞄一下光北下一場比賽的對手，似乎是一支很強的球隊，你怎麼看？光北有機會嗎？」

一談到這個話題，李明正玩世不恭的笑容從臉上消失，取而代之的是自信的表情。

「向陽的實力確實很強，但是當年我們都可以擊敗啟南了，在籃球場上，決定比賽勝負的永遠不是只有實力強弱的因素而已。」

「那就好，什麼時候比賽？」

「沒有什麼意外的話，下星期一晚上。」

「好，我會親自去看球賽的。」

「你是該來，真毅的表現非常出色，如果沒有他，光北會打得更辛苦。他的打法很成熟，是少見的全能型球員，我真的很開心球隊裡有他。」

「你把真毅說的這麼好，」身為人父的楊翔鷹，臉上不由得露出開心的表情，「難道他有比當年的我強嗎？」

李明正露出一抹微笑，「這問題我沒辦法回答你，想知道答案的話，找個時間跟真毅單挑一場，用你的身體去體會一下真毅的實力。」

「哈哈哈，你存心想讓我這個老爸丟臉啊！」

李明正攤開雙手，「我只是提供一個最簡單可行的方案而已。」

這時，楊翔鷹口袋裡的手機響起，他接起電話，「好，我知道了。」

楊翔鷹掛上電話後，對李明正點頭，「司機到了，我該走了。」

李明正也站起身來，送楊翔鷹到門口，「有空多過來打球，我隨時歡迎。」

楊翔鷹點頭，「下星期我一定會到場加油，上一次我親眼見證光北擊敗啟南，這一次我也會全程觀看光北拿下冠軍。」

「那你要趕快準備一筆錢。」

「為什麼？」楊翔鷹面露疑惑。

李明正露出微笑，解釋道：「準備舉辦光北的慶功宴。」

楊翔鷹打開門，對李明正露出笑容，「那有什麼問題。」

第八章

下課鐘聲響起，學生跟蝗蟲一樣從各個樓梯口湧現而出。不過比起其他節下課時間，學生走路的速度明顯慢了許多，因為這一節是打掃時間。

老師們紛紛回到辦公室裡，專科老師坐在椅子上開始享受這足足十五分鐘的休息時間，各班導師卻沒辦法這麼悠閒，把教科書放到桌上後，馬上走到整潔區域關心班上的學生有沒有認真在打掃。

楊信哲也不例外。

跟其他導師不一樣的是，楊信哲從不用監督的方式告訴學生要怎麼做，或疾言厲色，告訴學生打掃時不要嘻笑打鬧。

楊信哲採取的方式是親力親為，陪著學生一起掃地、擦玻璃、倒垃圾、資源回收，一起參與勞動的過程，讓他們從中學會負責任的態度，還有在勞動的過程中體會到「辛苦」。

楊信哲認為比起雙手叉腰，以高姿態的方式發號施令，用陪伴的方式會讓學生更有意願參與在打掃之中。

然而，今天楊信哲卻沒有辦法回到班上去，因為有一個人擋住他。

「老師，驗收的時候到了。」劉晏媜站在楊信哲面前，表情充滿自信。

楊信哲知道劉晏媜說的驗收指的是啦啦隊，心想如果跟向陽比賽的時候陷入苦戰，啦啦隊的加油聲可以給與球員精神上的支持，隨即點頭，「好，只有妳一個人嗎？」

劉晏媜率先走出門外，「當然不是，隊員們都在外面等老師你了。」

楊信哲跟著劉晏媜走出辦公室，來到教學大樓外的廣場，看到十名隊員站成一排，其中一個人身上揹著大鼓，手裡拿著鼓棒。

身為隊長的劉晏媜輕咳幾聲，對楊信哲解釋道：「目前我們討論出來的加油方式主要有三種，分別會在三種情況下使用。第一種，隊呼，我知道在比賽前球員都會利用隊呼幫自己打氣，那我們也會在觀眾席上用隊呼幫他們加油。

「第二種，領先時的加油，在球隊拉開比數或者打出自己的節奏的時候，我們會用簡單的拍手與揮拳的動作，配合上快速的鼓聲與口號幫光北加油。

「第三種，球隊處於落後或者情勢僵持不下的時候，我們一樣會用鼓聲搭配簡單的口號加油，但是節奏會比較慢，主要是想要在心靈上帶給球員力量。除此之外，我們也會視情況而定，在球隊進攻或防守的時候利用最簡單的口號帶動現場的氣氛。」

一口氣說明完後，劉晏媜對身後的隊員點頭示意，對一旁的楊信哲說：「我們直接進入實際操作的部分吧。」

劉晏媜站到鼓手身旁，「首先是第一種。」鼓手馬上舉起鼓棒，用力敲擊大鼓，沉重的咚聲傳來。

身為隊長的劉晏媜大喊：「光北！」

其餘十人馬上扯開嗓門，「加油！」

「光北、光北！」

「加油、加油！」

「光北、光北、光北！」

「捨、我、其、誰！！！」

鼓手重重地敲打大鼓，鼓聲搭配上大喝聲，更增添了一股驚人的氣勢。

楊信哲看著啦啦隊的表現，精神為之一振，他看得出來他們的團隊默契非常好，而培養默契沒有任何捷徑，就是不斷練習。

看著劉晏媜，楊信哲內心升起欣賞，再次為學生的表現感到欣慰與驚奇。

楊信哲覺得台灣至今還存在古板的教育觀念，認為學生只要把書讀好就好，其他什麼都不用管。他認為讀書固然重要，但當代世界變化太快，新的知識不斷地被發掘，光從書本上得到知識遠遠不足以適應現代的世界。

可是不管世界怎麼變遷，有一件事是永遠不變的，那就是人與人之間的交流。

如果讓學生從籃球隊或者啦啦隊當中學會「團隊」的概念，學會怎麼跟自己的隊員溝通，學會怎麼在困境之中齊心協力找到突破的方法，學會怎麼在團體中表達自己的意見，學會怎麼堅定自己的立場，那麼楊信哲相信，學生將可以學到教科書上學不到，但是在現實社會中卻無比重要的事情。

楊信哲從不否認讀書的重要性，書本是知識的來源，更是智慧的結晶，可是他更認為除了書本之外，學生可以在生活中學習到更多東西，小至掃地，大至籃球隊或啦啦隊。

楊信哲看著劉晏媜帶領著隊員，在眾目睽睽之下毫不畏懼地完成了剛剛說的三項加油方式，滿意地點點頭，不吝嗇地給予他們讚賞的掌聲。

「你們表現的非常好，我非常滿意，下星期一光北要跟向陽高中打非常重要的冠軍賽，我一定會讓你們站在觀眾席，為光北高中加油！」

聽到楊信哲的保證，劉晏媜跟其他啦啦隊員都露出了興奮的表情。

楊信哲看到他們的模樣，心裡充滿了感動，但是不忘說：「好了，趕快回去打掃，別以為我不知道你們在想什麼。」

被楊信哲輕而易舉地戳破心裡的想法，劉晏媜完全沒有臉紅，吐吐舌頭，「看在我們表現這麼優異的份上，今天讓我們偷懶一下嘛。」

「妳還真是會討價還價。」

楊信哲聳聳肩，「我畢竟不是妳的班導師，根本不知道妳負責的整潔區域在哪裡，所以就算妳現在跟我說妳要回去，我也不會知道妳到底有沒有真的去打掃。」

劉晏媜聽出楊信哲的弦外之意，開心地比出勝利手勢，「我就知道老師最好了！」

看著劉晏媜調皮的表情，楊信哲暗想這個女生反應快，又有領導能力跟號召力，簡直就是他大學時期的翻版。

劉晏媜對楊信哲揮揮手，「老師，那我們回教室打掃囉。」

楊信哲看著劉晏媜面朝福利社的方向，輕咳幾聲，「如果我沒有記錯的話，好像沒有哪一班是負責打掃福利社的喔。」

劉晏娪的腳步頓時停了下來，轉身，淚眼汪汪看向楊信哲，「老師……」

「這招我看多了，少來，不跟妳瞎扯了，我要回去班上了。」話一說完，楊信哲快步離去。

看著楊信哲擺明就是利用這種方式默許她偷懶去福利社，劉晏娪的嘴角揚起一抹笑容，「這個老師比我想像的有趣多了。」

想到剛剛的表現被楊信哲認可，甚至有機會可以到比賽現場幫籃球隊加油，劉晏娪眼裡冒出熊熊的鬥志——李光耀，今天早上我承認我輸了，可是我還沒放棄！

★

校長辦公室內。

葉育誠正在泡茶，對面坐著吳定華。

吳定華面露疑惑，開口問道：「怎麼突然找我過來？」

「有件事想問你。」葉育誠倒了一杯茶，放到吳定華面前。

「什麼事？」

「我們有沒有機會？」

吳定華看向葉育誠，只見葉育誠神情淡定，讓人看不出心裡在想些什麼。

「當了校長果然不一樣，以前的你從來沒有這種表情。」

「什麼表情？」

「深藏不露，讓人看不穿想法的表情。如果你問的是下星期一的冠軍賽的話，單就實力的強弱看來，向陽贏面比較大。」

「果然，想要聽真話就只能找你。」

吳定華靠在椅背上，右腳疊在左腳上，模樣非常放鬆，「你找我過來只是為了聽真話？」

「你也知道同樣一個問題，如果現在回答的人是李明正那個囂張狂妄的傢伙，他絕對會給你一種勝利已經近在眼前的感覺。」

「這樣不好嗎？」

葉育誠聳聳肩，拿起茶杯，把茶一口喝完。

「身為他的隊友或子弟兵，是一件好事，可是我的身分不一樣了，我現在為這個籃球隊負責，所以我必須知道真實的情形。」

「當上校長，看事情的角度跟方式都不太一樣了，是吧。」看著葉育誠充滿風霜的臉，吳定華至今仍然無法相信當年那個流氓小子，現在竟然會成為校長。

葉育誠點點頭，眼神裡面有著驕傲。從一個不學無術，成天翹課只想著要去哪裡玩的小鬼，變成今天受人尊敬的校長，在這過程當中葉育誠吃了很多苦，也遭遇到很多挫折，可是他全部都熬過來了，對此，他認為自己有資格驕傲。

「是啊，定華，說真的，光北第一年創隊就有這樣的成績，我心裡已經很滿意了。我明白光北現在還有太多太多缺點，要打贏向陽拿下冠軍前進甲級聯賽……是難上加難。」

吳定華忍不住皺起眉頭，舉起手，阻止葉育誠繼續說下去，「你怎麼一副已經認定我們一定會輸的樣子。」

葉育誠雙手一攤，「這不是你剛剛對我說的話嗎？——就實力來看，向陽比較強。」

吳定華以簡單兩句話反駁，「我們當年打敗啟南，有誰認為我們比啟南強？」

葉育誠愣了一下，才又張口回道：「你說的沒錯，可是……」

吳定華沒有給他把話說完的機會，「球是圓的，奇蹟是人創造出來的。既然當年的我們可以擊敗啟南，那麼今年我們也可以擊敗向陽。」

聞言，葉育誠用奇怪的眼神看著吳定華。

吳定華皺起眉頭，「幹嘛？」

「我怎麼覺得，你剛剛說話的語氣跟那個自信過剩的傢伙有點像啊，好像被他同化一樣。」

「當年的我們不都是這樣嗎？莫名其妙就跟在他身邊，和他一起作夢。」

「作夢，進入現實的社會之後，好久沒有聽到這個詞了。好吧，我決定了！」

「決定什麼？」

「其實我本來在想，都已經打進決賽了，觀眾席上一定要有人幫球隊加油才對，所以我想說要把學生帶去現場觀看球賽，讓他們知道我們球隊的實力是很強的。可是剛剛聽你說向陽贏面比較大，讓我一度打消念頭。

「但現在我決定了，只要學生願意，不管怎麼樣我都一定會把他們帶進觀眾席裡幫球隊加油，不管輸贏，讓他們親身參與這一場至關重要的比賽。」

「你要把學生帶到比賽現場？」吳定華略為思考，認為這是一個不錯的想法。

「如果看到學校的同學在現場幫忙加油，一定可以在氣勢上加分，球員們的士氣跟鬥志也肯定會更高昂！」

「趁我還沒有後悔之前，馬上把這件事情搞定。」葉育誠站起身來，拿起電話，「喂，學務處嗎？我是校長。請王伯過來校長室一趟。」

★

最後一節課的下課鐘聲響起，謝娜慢慢地收拾書包，打算跟平常一樣與小君一起走到校門口。才收拾到一半，門口出現了一道人影。

「太好了，妳還在。」李光耀咧開大大的笑容，手上提著後背包，大步走向謝娜。

謝娜看著李光耀，腦海中想起今天早上的畫面，臉上不禁微微一紅，露出害羞的表情。李光耀看到謝娜臉紅，也有些不好意思，搔搔頭，不知道該怎麼開口表明來意。

一旁整理好書包的小君，看著兩人羞澀的模樣，決定挺身而出，幫助李光耀解決窘境。

「你是來找謝娜的嗎？」

李光耀看向小君，點點頭，視線一離開謝娜，他消失的語言能力突然恢復，「嗯，我想陪她走到校門口。」

謝娜看著李光耀，也突然喪失了語言能力。小君心裡暗笑，暫時充當兩人的翻譯官，「你不是要練球嗎？」

「沒那麼早，教練會給我們時間吃晚餐。」

「所以你想在吃晚餐之前，先陪謝娜到校門口等車嗎？」

李光耀點頭，「對。」

話一說完，李光耀看向謝娜，謝娜也正好看著李光耀。兩個人目光在空中相會，同時紅了臉，露出了只有在看到對方時才會出現的笑容。

謝娜沒說話，但卻加快收拾書包的速度，站起身，把椅子靠進去桌子裡，站到李光耀身旁，用實際動作給了答案。

李光耀露出大大的笑容，與謝娜一前一後走出教室。

小君跟在兩人身後，看到兩人肩並肩走在一起，手臂因為晃動偶爾相碰，偷瞄著對方，目光交會的瞬間卻又害羞地別過頭，這樣的風景讓小君自己也不禁興奮起來，心裡不斷大喊：「李光耀，快牽起她的手啊，快一點，這可是你的大好機會啊！」

李光耀與謝娜走路的速度都比平常慢上不少，似乎是捨不得這一段路途太快到達終點。兩個人安靜地走著，直到李光耀想到一個不會尷尬的方法，打破沉默。

李光耀用德語問：「妳會介意嗎？」

謝娜抬起頭，也用德語回答：「介意什麼？」

接下來，兩人很有默契地利用德語來交流，這樣整個光北高中都不會有人聽得懂他們說話的內容，也讓兩人有了共享祕密的感覺。

「介意我陪妳等車。」

僅僅一句話，便讓謝娜覺得好像有一道暖流流過心房。就是這麼簡單的一句話，令謝娜感受到李光耀對她的在乎。

謝娜搖搖頭，「不會。」

「真的嗎?太好了，我一開始好怕妳不喜歡這樣。」李光耀露出了極為開心的笑容。感受到李光耀開心的情緒，謝娜心情也因此好了起來。

話題一打開，兩個人旁若無人地聊起天來。

「你是什麼時候喜歡籃球的？」

「確切的時間我忘記了，大概是在國小的時候吧。別看我現在這樣，我小時候什麼都做不好，跑步跑得比別人慢，玩躲貓貓永遠都是第一個被找到的人。」李光耀說話的時候還配合上誇張的肢體動作，逗得謝娜不禁笑了出來。

謝娜回想起李光耀在公園練球時的靈活模樣，還有讓她臉紅心跳的結實身材，反駁道：「騙人，怎麼可能。」

「真的，我小時候超自卑的，很多小孩都不喜歡跟我一起玩，因為我什麼都不會。那時候我對任何東西都沒什麼興趣，直到我爸某一天帶我去籃球場，他在指揮球隊練球，我在旁邊看，一開始是看一大堆人追著一顆球跑，心想這種東西哪裡好玩，可是不知道為什麼，越看越覺得把球投進籃框好像是一件很酷的事，之後就漸漸愛上籃球了。」

李光耀說完，反問：「妳呢？妳喜歡什麼？」

謝娜俏皮地說：「你猜啊。」

李光耀難得看到謝娜調皮的模樣，可愛的讓他心跳突然不受控制地加快。

「猜對有獎品嗎？」

謝娜點頭，「有。」

「什麼？」

「猜中了我才告訴你。」

「好。」

李光耀深思一會，「妳喜歡……看書？」

謝娜搖搖頭，「再來。」

「看電影。」

謝娜還是搖頭，「不是。」

李光耀靈光一閃，「逛街！」

謝娜搖搖手指，「不是每個女生都喜歡逛街的。」

李光耀露出苦惱的表情，轉身看向在他們身後的小君，這時謝娜拉了李光耀的衣角，「作弊是不被允許的。」

李光耀苦笑，雙手舉高，「投降，我想不到。」

謝娜驕傲地抬起頭，「小提琴。」

李光耀露出驚訝的表情，「妳會拉小提琴？」

「是啊，小提琴的音色很優美，我很喜歡。每當我想放鬆心情，我就會去拉小提琴。」

「真的嗎，那妳可以拉給我聽嗎？」

「可以，你喜歡哪一位作曲家？」

謝娜本以為平常只會打籃球的李光耀，絕對不會對音樂有所涉獵。就算聽音樂也只是聽時下的流行樂，要他講出什麼知名的古典作曲家，大概也只會講出普羅大眾熟悉的莫札特、貝多芬、巴哈、柴可夫斯基等等。

讓謝娜吃驚的是，李光耀說了一個她完全沒有預料到的答案。

「我想要聽義大利作曲家 Ludovico Einaudi 的創作，尤其是二〇〇四年發行的《Una Mattina》專輯，裡面有好多首我都很喜歡。」

謝娜驚訝地問，「你……怎麼會知道他？你平常有在聽古典樂？」

李光耀搖頭，「沒有，我平常很少聽歌。會知道這個作曲家，是因為幾年前我腳踝嚴重扭傷，腫得跟豬腳一樣，只能待在家休息養傷，我媽怕我無聊就去租 DVD 給我看。其中有一部法國電影我超愛，叫做《Intouchables》，台灣好像是翻成《逆轉人生》的樣子，裡面的配樂全部都是鋼琴，我一聽就愛上了，就去找寫這些配樂的人是誰，然後就這樣愛上他的音樂。」

「原來如此。」謝娜臉微微一紅，「我有聽過他，但對他不是很熟悉，所以要去找譜來練一下才可以。」

李光耀興奮地說：「所以說妳願意拉給我聽囉！？」

謝娜微微點頭，「可是你要等我。」

「好，沒問題。」李光耀開心地說，隨即像是想到什麼似的，臉紅道：「剛剛是我猜妳喜歡什麼，現在輪到妳猜我喜歡什麼了。」

他又迅速補充，「除了籃球以外。」

謝娜想了想，腦海中浮現出幾個比較有可能的答案，正要說出口時，李光耀卻搶先一步。

「我喜歡妳。」

★

李明正雙手交叉放在胸前，表情嚴肅地看著球員們跑步。

吳定華與葉育誠站在李明正的身旁，表面上似乎是跟著他一起看球員跑步的狀況，心裡其實在思考該怎麼把徘徊在腦海中的問題問出口。

不過在他們想出方法之前，李明正先開口說話了，「信哲，今天你就不用在場邊紀錄訓練過程了，先回家吧。」

楊信哲露出訝異的表情，「啊？」

李明正淡淡地說：「目前針對向陽的資料還不夠，我需要你回家幫我整理出更多數據，才能更深入了解這支球隊。這件事沒有人可以做的比你更好。」

楊信哲馬上點頭，「沒問題。」

其實楊信哲今天一直沒有辦法專心紀錄球隊的訓練過程，腦海中總是不斷想起他還有多少數據還沒好好整理出來，李明正的要求正合他的心意。

楊信哲離開後，李明正瞥了吳定華跟葉育誠一眼，「你們兩個一副就是有話悶在心裡的樣子，想說什麼就說，想問什麼就問。」

李明正既然都這麼說，葉育誠於是輕咳幾聲，將心中的疑惑一吐為快。

「雖然早就知道向陽很強，可是看到你這個模樣，我好像還是錯估了向陽真正的實力。明正，下星期一的比賽，你打算怎麼打？」

李明正皺起眉頭，「我這個模樣，什麼模樣？」

吳定華接著說：「你今天跟平常不太一樣，不太說話，一副心事重重的感覺。」

李明正嘆了一口氣，哀怨地說：「你們兩個人觀察力還真是不錯，我是有點煩惱，今天不知道為什麼，突然有點便祕。」

吳定華跟葉育誠臉上頓時冒出數百條黑線，看到他們兩人的表情，李明正樂得哈哈大笑，葉育誠不禁說：「你可以正經一點嗎？」

「我很正經啊，我食量這麼大的人，每天早上都一定會到廁所『舒服』一下，但是今天坐在馬桶上醞釀了半個小時，卻還是半點感覺都沒有，實在太奇怪了。」

吳定華不想繼續在便祕這個話題上打轉，轉移話題，「你覺得向陽如何？」

「向陽很強，毫無疑問是我們目前為止遇到的對手中最強的。」

吳定華點點頭，「其實我自己也有稍微觀察過向陽的打法。他們的打法非常全面，進攻跟防守的水準都很高，每一個球員都清楚自己在場上的定位，團隊默契也非常好。老實說，我找不太到向陽的弱點在哪裡。」

李明正笑了幾聲，「你本來就不是用眼睛觀察對手的人，而是屬於身體力行感受球賽的類型。你當教練不夠久，所以一時之間看到的還不夠多。」

葉育誠馬上問，「那你有看到什麼向陽的弱點嗎？」

李明正搖搖頭，「沒有。」

葉育誠有點失望，看了吳定華一眼，又問了李明正一次：「那你打算怎麼打？」

「對手是向陽，他們最強的地方是禁區，只要對付好他們的禁區，其他都好解決。」

「那你打算怎麼對付向陽的禁區？」

「向陽的禁區啊……」李明正看著在跑道上跑步的球員，露出一抹自信的微笑，「是有一些想法，就不知道到底可不可行。」

吳定華與葉育誠同時問道：「什麼想法？」

★

晚上八點，《籃球時刻》辦公室內。

大部分的人都已經下班回家，整個辦公室裡只剩下兩個人，苦瓜跟蕭崇瑜。

兩人手裡拿著早已經涼掉的便當，顯然已經餓了很久，耳朵聽著從蕭崇瑜手機裡傳來的流行音樂，右手不斷動筷，十分鐘之內就把便當吃得一乾二淨。苦瓜顯然沒有吃飽，抓起椅背上的外套，「走吧，吃宵夜。」

蕭崇瑜也覺得便當完全沒有帶來飽足感，想要再吃點東西的他馬上大聲應好。

他很快就把便當紙盒與少許廚餘分類好，與苦瓜一前一後離開辦公室，到了捷運站附近的串燒店吃燒烤。

因為菸癮發作，苦瓜跟服務生要了戶外的座位。

瞄了點餐單一眼，苦瓜很快就劃好自己要吃的串燒，遞給蕭崇瑜，「想吃什麼自己點。」

蕭崇瑜拿著點餐單，看到苦瓜點了四季豆、花椰菜、杏鮑菇、青椒，驚訝地說：「苦瓜哥，你怎麼吃的這麼健康啊？」

苦瓜往上吐出淡藍色的煙霧，淡淡地說：「我在串燒店都吃這些東西。」

蕭崇瑜就像發現新大陸一樣，「真的假的，也太有趣了！」

「趕快點一點，不然再晚一點人會很多，要等很久才吃得到。」

蕭崇瑜只好結束這個話題，很快點好自己想要吃的東西，起身把點餐單交給服務生。

在等待餐點的時候，蕭崇瑜問道：「苦瓜哥，光北即將首次面對禁區劣勢，你覺得這場比賽，李明正會怎麼辦？」

苦瓜深深吸了一口菸，簡單地說了三個字：「不知道。」

蕭崇瑜顯然沒有預料到會得到這個答案，一臉訝異，「真的嗎?苦瓜哥你之前可是最愛在比賽前預測比賽會如何進行的呢。」

這時服務生拿了苦瓜與蕭崇瑜的飲料過來，「不好意思，十六茶跟涼茶，請問是哪位的？」

苦瓜繼續抽菸，不理會服務生，蕭崇瑜連忙說：「放著就好了，謝謝你。」

「好，請慢用。」服務生把冰涼的飲料放在桌上之後就快步走進店裡，越接近晚上客人越多，店裡已經開始忙碌，服務生片刻不得閒。

苦瓜拿起涼茶，把吸管拿出來放在旁邊，嘴巴直接對著杯緣暢飲。

解了嘴巴的渴之後，苦瓜才說：「單就雙方的陣容，可以預見的是光北一定會陷入苦戰，身高跟實力都有差距，我自己想不出任何辦法或戰術可以讓光北逆轉這種劣勢。」

蕭崇瑜說道：「既然禁區沒有優勢，說不定光北會利用全場壓迫性防守造成向陽的失誤，打亂向陽的節奏。」

苦瓜搖搖頭，「行不通，你自己也看過向陽的球隊訓練了，他們的後衛運球很好，光北的全場壓迫性防守對付不了他們。」

「全場壓迫性防守行不通，禁區光北也打不贏，外圍好像也沒有可以突破的地方，王忠軍三分是很準，可是防守太弱了，包大偉跟詹傑成都缺乏進攻能力。」蕭崇瑜皺起眉頭，露出苦惱的表情，「光北好像沒有任何優勢，光想就覺得好難打。」

苦瓜微微點頭，看著馬路上的汽車來來往往，「畢竟向陽早就被外界認為具有甲級聯賽的實力，沒有兩把刷子說不過去。」

「看來這一次李明正沒辦法繼續隱藏李光耀的實力了，之前李光耀一場比賽只能出手五次，但是眼前遇到的對手是向陽高中，如果李明正還不讓李光耀有多一點的上場時間跟出手機會，光北這場比賽必輸無疑。」

蕭崇瑜喝了一口十六茶，頓時露出嫌惡的表情，放到一旁，「苦瓜哥，你覺得呢？」

「李光耀確實是光北要贏得這場比賽的關鍵人物。可是就算他全力發揮，完全彌補了光北外圍的不足，也無法改變光北明顯存在的禁區劣勢。光北想贏得這一場比賽，內線禁區也必須跳出一個關鍵人物才行。」

說到光北的禁區，蕭崇瑜腦海中馬上浮現出了兩個人。

「苦瓜哥，你是指魏逸凡跟高偉柏嗎？」

「既然你都知道魏逸凡跟高偉柏，向陽會不知道嗎？到時候向陽一定會針對他們兩個人做出嚴密的防守。」

「所以關鍵人物就是他們兩個之外的麥克跟楊真毅囉？」

說完，蕭崇瑜又皺起眉頭，「麥克的籃板球能力是不錯，可是他沒有進攻能力啊。最多就是搶下籃板球之後馬上補籃，不過向陽的內線那麼高大，麥克能不能搶下籃板球都是一個問題，更別說是搶下籃板球之後的補籃了。

「楊真毅的中距離確實有一定的準度，但是他的身材比不上魏逸凡跟高偉柏，光憑中距離要對付向陽的禁區感覺太不可靠。而且除了進攻之外，光北的防守也要面對向陽的禁區三人組，尤其是三十六號的中鋒辜友榮，平均二十分十籃板真的不是開玩笑的！

「光北全隊最高的麥克身高不到一百九十五公分，要他守住辜友榮根本是一件不可能的任務，苦瓜哥，你說的關鍵人物到底是誰啊？」

蕭崇瑜劈哩啪啦說了一長串話，只換來苦瓜簡短的幾句話，「這個答案沒有人知道，只有到比賽的時候才看得出來扮演這個關鍵人物的奇兵是誰。」

這個時候，服務生把他們兩人點的串燒端了過來，「串燒剛烤好，小心燙。」

「好，謝謝。」蕭崇瑜回以微笑。

「苦瓜哥，我現在才發現，原來禁區對一支球隊影響這麼大。」

「當然，不然你以為之前光北是怎麼贏球的？」

「難道光北會就這樣敗在向陽的禁區嗎？這樣也太可惜了，都已經走到最後一步了。」蕭崇瑜拿起自己點的七里香，一次送兩個進嘴裡。

「你好像認為光北輸定了。」

「難道苦瓜哥你不這麼認為嗎？」

苦瓜淡定地說：「光北是一支擁有無限可能的球隊，就算是面對這種劣勢，我相信他們也一定有方法可以突破。」

★

晚上九點，謝娜家。

福伯站在謝娜門外，閉上眼聆聽從門縫底下傳來的優美樂音，就這樣聽了足足五分鐘之後才伸出手敲了門。

門內的小提琴聲頓時消失，取而代之的是謝娜銀鈴似的聲音，「誰？」

「小姐，是我。」

「怎麼了？」

「小姐，妳已經拉小提琴拉了兩個小時了，要不要休息一下，我請廚師切一點水果或者做一些點心給妳吃。」

「等我一下。」謝娜很快把小提琴與琴弓收進琴盒裡，打開門，看著在門外等候的福伯，「我要喝熱牛奶。」

福伯臉上帶著笑容，「好，小姐請稍等，我等一下就把牛奶送上來。」

謝娜搖頭，「我下去等，剛好可以休息一下。」

福伯一邊往樓下走一邊問：「小姐要不要一些小點心配著熱牛奶一起吃？」

謝娜有那麼一瞬間心動，可是想起李光耀的好身材，如果因為貪吃讓小腹跑出來，那跟李光耀走在一起實在太不搭了。

謝娜搖搖頭，「不用，我喝牛奶就好。」

「好，小姐請稍等。」

福伯快步走到廚房裡，謝娜則在餐桌旁拉開椅子坐下，心裡邊想著樂曲的旋律，左手的手指在空中做出按弦的動作。

福伯很快把牛奶熱好裝在碗裡，端到謝娜面前，「小姐，可以用了。」

「好，謝謝。」謝娜拿起湯匙，小心翼翼地將牛奶一口一口地送進嘴裡。

「小姐，請容我問妳一個問題。」

謝娜沒有說話，專心喝著熱牛奶，以點頭作為回應。

「妳跟李光耀在一起了嗎？」福伯突如其來的這個問題，差一點讓謝娜把剛喝進嘴裡的牛奶一口噴出來。

謝娜滿臉羞紅，「福伯，你在說什麼啦！？」

「難道不是嗎？我今天去載小姐的時候，可是親眼看到李光耀陪妳走出校門口，而且小姐妳今天嘴角一直上揚，種種跡象都證明小姐妳戀愛了。」

謝娜滿臉通紅，卻說不出任何反駁的話。

看到謝娜的模樣，福伯不禁好奇地問：「你們什麼時候在一起的？李光耀又是怎麼對妳告白的？」

「福伯，我們沒有在一起啦！」

「嗯？沒有在一起啊，不對，我剛剛一次問了兩個問題，小姐妳只回答了第一個。所以意思是你們沒有在一起，可是李光耀有對妳表白囉。」

謝娜覺得突然一股熱意從臉頰一路蔓延到耳根，看著謝娜臉上遍布紅霞的模樣，福伯知道自己已經猜對了。

「我就知道，那李光耀對小姐表白的時候說了什麼？」

謝娜別過頭，「不跟你說。」

福伯看到謝娜整個臉紅通通的模樣，樂得哈哈大笑，「好好好，小姐儘管把李光耀的甜言蜜語藏在心裡，每分每秒都回味。」

「福伯，你很討厭耶！」

福伯攤手，「我有說錯嗎？」

謝娜再次無法反駁，只能埋首於牛奶之間，「我不想理你了。」

「小姐剛剛在房間裡拉的樂曲似乎跟平常不太一樣呢，是不是喜歡上別的作曲家了？」福伯試著轉移話題，這才讓謝娜臉上的燥熱慢慢退去。

「嗯，是一位義大利古典樂派的作曲家，好聽嗎？」

福伯委婉地說：「感覺很不錯，可是如果跟小姐平常拉的那些曲子比起來，好像少了那麼一點點味道。」

謝娜聽得出來福伯話語中的含意，「我知道今天拉的不算很好，不過我有抓到一點感覺，多練習幾天應該會好很多。」

「我也認為如此，小姐在音樂的天賦可是非常驚人的，剛剛敲門之前，我還故意在門口站了一會，就是想要多聽一點琴聲呢。」

「福伯覺得好聽嗎？」

福伯毫不猶豫地點頭，「好聽。」

謝娜鬆了一口氣，開心地說：「那就好。」

「不過小姐已經好久沒有拉除了德布西、莫札特、巴哈、蕭邦之外的樂曲了，今天怎麼會突然有這個興致？」

「因為李……」謝娜太高興，一不小心差點說溜嘴。

但是縱使謝娜突然間閉嘴不說話，福伯還是掌握到關鍵字。

「因為李光耀。」福伯幫謝娜把沒說出口的話說完，臉上露出抹意味深長的笑容。

福伯走到謝娜身後，雙手放在謝娜的肩膀上，「小姐，談戀愛是一件好事。談戀愛可以讓人學到很多東西，也可以讓人長大。可是小姐妳一定要記得，在體會戀愛的酸甜苦辣時，也要保護自己。」

福伯這段話謝娜聽得似懂非懂，只能愣愣地點頭，「好。」

福伯臉上露出和藹的笑容，「很多事小姐慢慢就會懂了，現在請先享用妳的熱牛奶，我就不繼續探討妳為了李光耀而去拉新的樂曲的事情，不管妳是因為要討他歡心，還是說要給他驚喜，或者是要透過音樂傳情，我保證不會多問。」

「福伯！」

★

晚上十點，光北籃球隊剛結束晚上的訓練。

在今天的訓練當中，李明正加強了團隊防守、進攻時空手走位的默契以及單擋掩護的時機，體能訓練比起平常少了很多。

因此今天結束練習之後，球員們沒有顯露出極度的疲態。

葉育誠站在李明正身旁，全程觀看今天球隊訓練內容的他，臉上出現擔憂的表情，問道：「這樣真的可以嗎？」

「要對付向陽，這是我認為最可行的戰術。」李明正看著球員，目光閃爍自信，「相信這些球員吧，蘊藏在他們體內的能量，多的讓你們無法想像。」

李明正轉頭看向葉育誠，露出笑容，「就跟當年的你一樣。」

「確實，要對付高大的球隊，用這種方法說不定真的可以收到令人意想不到的效果。」吳定華摸摸下巴，「不管是在國際賽或者 NBA 賽場上，都看過陣容矮小的球隊利用這種方法對付擁有高大禁區的對手。」

聽吳定華這麼一說，葉育誠眼神裡的擔憂才消退不少，李明正剛剛說的方法實在太出乎他的意料之外，讓他的腦袋一時之間出現很多憂慮。

吳定華冷靜的分析道：「不過向陽真的很強，這個方法就算有效，向陽一定會在比賽中馬上做出調整。我自己看來，這個戰術最多最多只能在前兩節收到效果，其他兩節又會是一場硬戰。明正，都到了這個時候，是該讓光耀好好表現了。光北需要他。」

葉育誠也在一旁贊成道：「是啊，對向陽的這場比賽可是攸關我們可不可以晉級到甲級聯賽，不僅僅只是乙級的冠軍賽這麼簡單而已。如果你還是不讓光耀出手，單憑現在隊上的後衛，要對付向陽實在太難了。」

吳定華接著說：「傑成、忠軍、大偉他們三人都有很明顯的弱點，之前我們還可以靠著逸凡、偉柏、真毅在禁區彌補這些劣勢，這一次我們的禁區不再像以前一樣擁有優勢，如果光耀不打，這場比賽很危險。」

李明正揚起眉毛，「你們兩個人別那麼緊張，我當然知道這場比賽的重要性，所以對於光耀，我也有特別的安排。」

第九章

放學時間一到，學生們很快整理好書包，帶著興奮與期待的心情快步走出教室。

相較於這些開心放學的學生，光北籃球隊的球員就像是少數的異類，等到同學離開教室，走廊上的人潮變少之後才開始整理書包。

魏逸凡走出教室外時，高偉柏已經靠在走廊的欄杆上等著他。

高偉柏的頭往樓梯的方向微微一偏，「走吧。」

魏逸凡點頭，「好。」

高偉柏與魏逸凡往樓梯口的方向走去，楊真毅剛好從樓上走下來，三人便聚在一起走下樓。

三個人走在一起，超過一百八十公分的身高還有籃球隊隊員的身分招人注目，不過他們顯然已經很習慣別人投射過來的目光，學會不去理會與在意，跨著大步往教練辦公室走去。

楊真毅輕輕敲了敲教練辦公室的門，門內傳來吳定華的聲音：「進來。」

三人先後進到辦公室之中，謝雅淑早他們一步抵達，已經坐在椅子上吃便當。

「便當跟湯都在助教的桌上，自己拿。」吳定華說。

楊真毅、高偉柏、魏逸凡三人拿了便當跟筷子，走到辦公室外靠在欄杆上吃晚餐。

「這一次教練的態度跟之前明顯不太一樣，感覺他們有點緊張。」高偉柏扒了一大口飯，說話口齒不清。

魏逸凡滿不在意，「畢竟向陽的禁區高度很嚇人，教練會擔心也很正常。」

「我國三畢業的時候，向陽高中有邀請我進去他們的籃球隊，而且還開出全額的獎學金，三年學雜費全免，提供宿舍，非常大方。」楊真毅回憶道：「我當時有去他們學校看過，設備很好，師資優良，總教練跟助理教練都是前國手，不僅訓練內容很紮實，球員練球的態度也很正面，更重要的是學校非常支持籃球隊。」

魏逸凡接著說：「我當初也有被向陽高中邀請，不過向陽高中是乙組的學校，而且還在台中，我當時打定主意讀家裡附近的榮新，所以就直接拒絕向陽。」

高偉柏說：「向陽倒是沒找過我。」

楊真毅回覆道：「那是因為你住在台北的關係，我記得我當初去向陽的時候，他們找的都是中南部的球員。」

高偉柏點頭，「原來如此。」

魏逸凡望向楊真毅，開口詢問：「對了，真毅，我一直覺得奇怪，為什麼你當初國中畢業之後就不再繼續打籃球了？憑你的實力，就算是眼高於頂的啟南高中一定也會有興趣。」

高偉柏也說：「對啊，為什麼？」

楊真毅沒有馬上回答問題，把嘴巴裡面的飯菜吞下去之後才說道：「我國三畢業的時候，我媽說她只生我這麼一個兒子，不能讓我再這樣繼續玩下去，決定高中就要開始培養我，未來當我爸公司的接班人，我心裡其實也很清楚我將來要背負的責任，所以就沒有繼續打籃球。」

魏逸凡又問：「我記得像你們這種富二代，家裡不是都會送出國唸書嗎？你怎麼會留在台灣？」

「因為我國中花太多時間打球，成績沒有很好，很多科目都要重新打基礎。」楊真毅苦笑道：「我高一跟高二的時候過得超痛苦，每天在學校上八堂課，回到家要繼續上兩堂家教課。就連週末都沒辦法休息，我媽早就幫我安排好老師，從早上八點到晚上八點都排滿了課，中午只有短短一個小時吃飯時間，都快累瘋了。」

想起高一高二的那段日子，楊真毅真是苦不堪言。

「高一的時候，我打定主意要放棄籃球，專心在讀書上。為了不讓自己分心，我把房間裡所有的球星海報、籃球雜誌、報紙剪貼下來的球星照片全部都丟掉，就連籃球跟球鞋都放在不起眼的角落，讓我自己不去想籃球。可是我後來發現根本做不到，我媽給我很大的壓力，加上每一天都要讀書上課，搞得我內分泌失調，臉上長滿了青春痘，胸口裡好像悶了一股氣發洩不出來。

「我後來真的受不了，某個週末晚上八點下課後，我拿出藏起來的籃球跟籃球鞋，騎腳踏車到附近的破爛籃球場自己一個人打球，一打就是兩個小時。一踏上籃球場，精神跟氣力自然就來了。打完球後，胸口裡悶著的那一口氣也自動消失不見，心裡的壓力莫名其妙地跑走了。

「那次之後，我才知道我太天真了，以為把雜誌、剪貼簿、海報丟掉就可以忘記籃球，卻沒發現原來我這一輩子早就已經離開不了它。而且就算我曾經放棄籃球，籃球也從未放棄過我，靠著週末晚上跟體育課的時間打籃球抒發壓力，我度過了高一跟高二那段極為痛苦的時光。」

說著，楊真毅突然感嘆起來，沒有繼續吃便當，對高偉柏與魏逸凡抒發壓抑在心裡已久的情緒，而高偉柏與魏逸凡也認真地聽楊真毅說話。

「我一直以為我爸跟我媽一樣，反對我繼續打籃球，所以當初教練找我加入籃球隊的時候，我心裡其實並不抱任何希望。沒想到最後教練真的說服了我爸，讓我可以在高中最後一年加入籃球隊，和你們一起打球。」

高偉柏看著楊真毅，「說起來也很有趣，如果當初你跑到籃球名校打球，我們現在也不可能當隊友。這樣說起來，其實也是一種緣分。」

楊真毅點頭，笑著對高偉柏說：「是啊，緣分真的是一種很奇妙的東西，就算你到籃球名校打球，最後也是到了光北。」

高偉柏哈哈大笑，轉頭看向魏逸凡，「不只我，逸凡也一樣啊。」

「或許老天爺就是要我們三個人聚在一起，讓光北擁有全台灣最強的禁區鋒線組合。」魏逸凡接著說：「昨天教練加強弱邊補防的練習，很明顯是擔心向陽的身高優勢。可是教練他們的擔心是多餘的，因為我們三個人只要同時在場上，就是最強的禁區三人組！」

魏逸凡左手捧著便當盒，伸出右手，高偉柏看到魏逸凡眼神中的光亮，也伸出右手，疊在魏逸凡手背上，楊真毅最後伸出手，放在高偉柏的手背上。

三人看著彼此，很有默契地說道：「我們是最、強、的！」

三個大男孩眼睛裡閃爍著自信與堅定，相信自己與其他兩人的實力將在三天後向大家證明，就算面對身高的劣勢，他們一樣可以擊垮向陽高中的禁區，帶領光北高中迎向勝利。

這個時候，王忠軍與麥克朝三人一起走了過來，魏逸凡沒看到總是最早到球場熱身的李光耀，心裡覺得有點奇怪，問：「李光耀呢？他是不是忘記昨天教練說今天要提早練球，所以叫大家都過來辦公室吃便當？」

麥克當然知道李光耀現在正在校門口跟謝娜上演卿卿我我依依不捨的劇情，但是這種害羞的話他實在說不出口，低著頭，不敢面對魏逸凡的目光，吱吱嗚嗚地不知道該怎麼解釋。

這時，站在麥克身旁的王忠軍，默默地伸出手，指著校門口的方向，簡短地留下了三個字：「談戀愛。」

話一說完，王忠軍就大步走進辦公室裡，麥克頓時鬆了一口氣，低著頭，跟在王忠軍身後趕緊逃離現場。

魏逸凡說：「最近是有聽說李光耀跟一個女生在談戀愛，這傢伙也真是厲害，重要比賽就在當前，他還有心情交女朋友。」

高偉柏在一旁附和道：「到時候因為女朋友分心，就別當成是被我超越的藉口。」

楊真毅發現魏逸凡跟高偉柏說話的口氣很明顯不服輸，笑道：「你們兩個人是怎麼回事，怎麼一說到李光耀整個人都變了。」

高偉柏說：「我只是很討厭他囂張的態度而已。」

魏逸凡說：「跟向陽的冠軍賽近在眼前，如果因為交女朋友分心，導致球隊輸球該怎麼辦？」

只有楊真毅知道，他倆心裡想的跟嘴裡說的根本是完全不同的兩回事，搖頭苦笑，「你們真是不誠實。」

下午六點，吳定華打開了位於跑道四周的高大燈柱。

因為燈柱打開的關係，本來準備要離開球場的學生又留了下來，想要繼續打籃球，不過吳定華馬上大聲宣布接下來是籃球隊的練習時間，提醒要打籃球的學生改到角落的籃球場。

學生們覺得很奇怪，因為籃球隊的練習時間是七點，怎麼今天突然提早到六點？但還是尊重籃球隊，相繼離開操場。

在學生離開籃球場之後，李明正便讓李光耀出來帶隊熱身。

十分鐘拉筋熱身完畢，李明正叫球員開始跑步，不過跟以往不一樣的是，計算球員跑步速度的助理教練到現在還沒有看到人影。

吳定華看了眼手上的手錶，指針顯示六點二十分，「信哲怎麼這麼慢，你有跟他說今天會提早練球嗎？」

李明正說：「有，我今天下午有傳簡訊給他。」

「那就好，你今天打算怎麼練？」

「還是一樣，加強防守。就我看來，就算是面對向陽的防守，我們球員還是有能力可以有效率的得分，重點就在於我們可不可以壓制向陽的進攻，這就是下一場比賽的關鍵。」

吳定華點點頭，他的想法跟李明正一模一樣，「所以今天一樣是弱邊補防嗎？」

「弱邊補防、包夾防守、擋拆換人，但是這些都只是觀念而已，最重要的還是繼續加強球員的基本防守腳步。」李明正露出不懷好意的笑容，「今天就讓球員知道，就算只練防守腳步，還是可以把他們操到腿軟吧！」

此時楊信哲大步走到操場，從臉上的黑眼圈跟走路時散發出來的疲累模樣，李明正與吳定華看得出來楊信哲昨天一定熬夜了。

不過這樣的楊信哲，眼神中卻散發著令人無法忽視的光芒。

楊信哲揮一揮手中的筆記本，走向李明正跟吳定華，「我能做的，都在裡面了。」

因為做的資料跟數據量太龐大，楊信哲擔心兩人不知道要從哪裡看起，翻開筆記本，直接開始對李明正與吳定華說明。

「向陽高中今年平均一場比賽可以得九十二分，實際上是九十二點二分，但是為了簡單跟方便說明，我筆記本裡面所有的數據都去掉了小數點後面的數字。」

見到李明正跟吳定華點頭，楊信哲繼續說：「在這九十二分裡面，平均有五十分來自禁區；十二分來自於對手失誤之後的快速攻守轉換，也就是快攻得分；剩下的三十分則是外圍的三分線與中距離的炮火。禁區跟快攻得分暫且不提。」

楊信哲指著手畫的半場示意圖，「上面這裡是我統計出來的數據。藍色數字代表向陽高中的命中率，紅色數字代表出手數量。數據說明了向陽高中最喜歡在左邊的底角跟左側的四十五度角出手三分球，命中率也最高，分別是三成八跟三成七。除了這兩個地方，向陽在其他位置出手三分球命中率都在三成以下。

「在三分線以內跟禁區以外的中距離出手，命中率最高的地方是罰球線兩側，都有接近四成五的水準，不過向陽在中距離出手的數量並不多，進攻主要還是集中在禁區。

「說完了外圍的命中率，接下來是向陽在禁區的命中率，很可怕，高達六成五。在平均五十分當中，向陽的當家王牌，三十六號中鋒辜友榮，一場比賽可以輕而易舉拿下二十分；二十五號大前鋒陳信志則是有平均十二分的表現；十二號小前鋒翁和淳可以拿下十分，剩下八分則是由替補球員取得。

「簡單的數據說完了，接下來我直接說從數據跟影片中看到的向陽高中的缺點跟弱點。」

楊信哲把筆記本翻到下一頁，手指指著上頭斗大的字眼，「**最不穩定的禁區怪物**」。

「向陽高中的弱點，首先就是辜友榮。他的實力非常驚人，上場不到三十分鐘就可以拿下二十分十籃板三火鍋，是乙級聯賽最可怕的禁區怪物。可是他也有一些小缺點！

「第一，失誤多。整個向陽高中平均失誤次數最高的就是辜友榮，一場比賽有接近四次的失誤。當然，這跟他持球時間最長有關係。但是還有一個更重要的原因是他不喜歡傳球，除非在籃底下遇到三個人或以上的包夾，否則他絕對不會把球傳出去，因此他在禁區常被吹禁區三秒跟走步違例。

「第二，犯規多。據我觀察，辜友榮很喜歡蓋火鍋。以他的身高跟手長，就算只是站在籃底下舉高雙手都可以造成可怕的嚇阻力，可是他就是喜歡把對手的上籃狠狠拍到場外去，所以他很常被裁判抓打手跟阻擋犯規。

「第三，缺乏傳球能力。我剛剛說過，向陽高中三分線外最準的是左邊的底角跟左側四十五度角，只要辜友榮一遇到包夾，他最喜歡把球傳到這兩個地方，我猜也因為這樣，所以向陽高中在這兩個位置的命中率才會比較高，我認為我們可以針對這一點做出防守陷阱。」

話說完，楊信哲翻到下一頁，同樣指著標題，「**板凳球員**」。

「弱點之二，板凳球員。相較於禁區先發三人組，他們的禁區替補球員實力落差很大，所以向陽高中最多只會一次換上兩個禁區替補球員。如果辜友榮在上半場就遇到犯規麻煩，先發大前鋒跟小前鋒就會打滿整個上半場。因為少了辜友榮，禁區的進攻跟防守效率差很多，如果大前鋒或小前鋒又下場休息，替補中鋒絕對扛不住禁區。」

李明正跟吳定華專心聽著楊信哲說話，眼睛還來不及看楊信哲蒐集的資料跟統計的數據，楊信哲又翻到下一頁。

「弱點之三，過於倚賴禁區。向陽高中的四名後衛實力非常不錯，攻守均衡，可以根據對手的特性不同來做先發或替補的輪替調整，基本上我在他們身上看不太到什麼可乘之機。不過，他們的靈魂人物卻會讓他們出現弱點。

「辜友榮今年高三，而在今年出現了一個進軍甲級聯賽的機會，可想而知辜友榮不會放過這個絕佳機會。所以他在場上會很積極向後衛要球，後衛也很樂於把球分給他。如果我們可以善加利用這一點，在辜友榮開始不斷要球的時候突然施加壓力，以辜友榮不愛傳球的個性，說不定可以造成一些令人出乎意料的效果。」

楊信哲再翻到下一頁，吳定華跟李明正看到楊信哲寫滿資料跟數據的筆記本，心裡的驚訝已經無法用言語說明。光北有這樣的助理教練，簡直就是天上掉下來的餡餅。

楊信哲眼睛發著光，對李明正與吳定華說：「弱點之四，防守。整體來說，他們的防守還算不錯。可是我剛剛說過了，辜友榮會因為想要蓋火鍋而犯規，在辜友榮下場之後，他們的防守就會出現漏洞。雖然他們之前的對手還是打不進他們的禁區，可是我相信只要想辦法把辜友榮逼下場，魏逸凡、楊真毅、高偉柏一定有這個能力把向陽高中的禁區打得落花流水。

「關於向陽的總結，簡單來說，要贏得這一場比賽，我們一定要對付好辜友榮這個關鍵人物。只要他在禁區拿到球，馬上包夾他，不要下手抄球，讓他自己發生失誤，鼓勵球員挑戰籃框，製造他的犯規，逼他下場，到時候禁區就會是我們的天下。」

話一說完，楊信哲把他的心血結晶闔上，認真又嚴肅地看著吳定華跟李明正，「大概就是這樣，不過就算知道了這些弱點，這場比賽還是場硬仗。向陽絕對清楚自己的弱點，所以一定會叫辜友榮注意我剛剛說的地方。

「要打贏這一場球賽，除了對付辜友榮之外，還有一個非常關鍵的重點。」

吳定華問：「是什麼？」

「李、光、耀。」楊信哲斬釘截鐵地回答。

「要把辜友榮逼下場，光靠內線的球員是不夠的，還需要一個具有切入能力的後衛從外線撕裂向陽高中的防線，逼辜友榮補防，製造他的犯規。在我們的後衛群裡，目前只有李光耀能夠做到我剛剛說的事。這一場比賽要贏，光北真的非常需要李光耀。

「我蒐集向陽的資料，向陽一定也會蒐集我們的資料。他們肯定看得出來我們後衛群的弱點，不管是防守或者單兵切入能力，以詹傑成、包大偉、王忠軍三個人的能力絕對沒辦法對付向陽高中。向陽高中跟我們以往碰到的學校都不一樣，他們真的很強，我們這一場比賽不可能繼續隱藏不管是進攻或者防守都是球隊無庸置疑的第一人的李光耀。

「李教練，這一場比賽真的太重要了，不能繼續藏著李光耀，否則我們一定會輸。」

看著楊信哲的表情，李明正微微一笑，「我有我的安排，你放心吧。」

晚上九點半，李明正站在場邊，雙手交叉放在胸前，專心地觀看球員的練球情形。

經過三個半小時的李明正地獄式訓練之後，體能比較差的詹傑成、王忠軍，很顯然已經跟不上大家的腳步。

見到詹傑成跟王忠軍嚴重落後，李明正沒有出言呼喝讓他們兩人趕快跟上大家，因為根本不用他開口，場上自然會有人幫他做這件事。

「詹傑成，你覺得向陽高中看到你腳步慢下來的時候會怎麼做？他們會拍拍你的肩，告訴你要加油嗎？不想要在比賽的時候被打爆，現在就跟上大家，用意志力撐下去！

「王忠軍，你現在除了定點投射三分線之外，根本沒有其他的進攻手段，如果連防守都不行，你要怎麼幫助球隊！？」

李光耀在最前頭大喊，督促詹傑成跟王忠軍。

兩人一聽到李光耀的聲音，心裡冒出不服輸的火燄，逼自己加快速度。但不管是體能或者肌耐力的基礎，詹傑成跟王忠軍都是球隊中最差的，縱使心裡想要跟上大家的腳步，可是身體的疲勞卻已經不容許他們這麼做，憑著意志力衝刺一小段距離之後，速度又慢了下來。

其實不只是詹傑成與王忠軍，籃球隊裡大部分的人都已經感到精疲力盡。

包大偉、麥克、謝雅淑的速度都慢了下來，只是程度上沒有詹傑成跟王忠軍那麼誇張，還可以撐下去。

經過三個半小時的訓練，其實就連魏逸凡跟高偉柏都感到極度疲憊，呼吸的頻率已經不受他們控制，不過他們兩個人沒有慢下腳步，因為有一個人依然跑在他們前面。

現在還能跟上李明正訓練節奏的只有李光耀、魏逸凡跟高偉柏。

高偉柏心想，談戀愛的人不是會分心嗎?怎麼李光耀完全沒有這種跡象?太該死了，不行，我不能認輸，我一定要超越他，光北高中的王牌是我，高偉柏!

魏逸凡粗喘著大氣，也不斷想要超越李光耀，但是不管他跟高偉柏怎麼嘗試，李光耀都像是一座巍峨大山，讓他們只能仰望。

看著李光耀始終跑在他們前面的背影，魏逸凡咬牙，心想，真是太可惡了，台灣什麼時候出了這麼一個李光耀，就算是之前榮新球隊裡的王牌球員都沒有帶給他這種彷彿近在眼前，實際上卻是非常遙不可及的感覺。

看到大多數球員都已經疲累不堪的模樣，李明正拿起掛在脖子上的哨子，用力一吹，尖銳的哨聲響起。

「結束，休息！」

聽到李明正的口令，大半的球員癱軟在地，在球場上變成一個又一個「大」字，喘著大氣，看著一片漆黑的夜空。

這時楊信哲走向李明正，說：「乙級聯賽的季軍賽結束了，瑛大附中贏了。」

李明正微微點頭，「接下來就輪到我們了。」

同一時間，《籃球時刻》雜誌社辦公室裡，蕭崇瑜眼睛盯著乙級聯賽的官方網站，見比賽時間歸零，按下鍵盤上的 F5 重新整理網頁，季軍那一行空格裡便出現了瑛大附中四字。

蕭崇瑜轉過頭，興奮地看向正在辦公室裡抽菸的苦瓜，「苦瓜哥你太厲害了，跟你預測的一模一樣，拿下季軍的是瑛大附中，而且不只比賽結果，比數七十八比七十三，連分差在五分以內都被苦瓜哥你猜中了！」

相較於蕭崇瑜的興奮，苦瓜的表情非常淡定，把菸捻熄，站起身來，「既然跟我預測的一樣，接下來要做的事情就輕鬆多了。好了，時候也不早了，剩下的之後處理，走了。」

「是，苦瓜哥！」

「肚子有點餓了，等一下去吃個宵夜吧。」苦瓜提議。

蕭崇瑜大聲應好，「苦瓜哥，可不可以再去上次那一家串燒店，他們的飲料雖然不好喝，可是燒烤真的好好吃！」

苦瓜微微點頭，「嗯。」

往燒烤店的路上，苦瓜說：「週末兩天好好休息，星期一的乙級冠軍賽結束之後會有非常多的事情要做，到時候會很忙。」

「是，苦瓜哥，我已經做好心理準備了！」

「還有，這一篇瑛大附中的報導給你寫，剩下的資料自己要處理好。」

蕭崇瑜精神一振，「是，苦瓜哥！」

「今天我已經跟總經理知會過了，星期一我們到公司打完卡之後就可以直接開公務車下台南紀錄球賽。」

蕭崇瑜開心地說：「想當初苦瓜哥你獨排眾議，一直追光北高中的比賽，現在終於得到總經理的認可了，感覺真是不錯。」

「獲得認可的不是我，而是光北高中，別搞混了。」

「可是除了苦瓜哥之外，根本就沒有其他人注意到光北高中啊。」苦瓜冷淡的語氣絲毫沒有減弱蕭崇瑜的興奮，臉上笑意不減。

「只有苦瓜哥你慧眼識英雄。我猜現在其他同業一定都在查光北高中的資料，可是除了光北高中是今年才剛創立的球隊，還有陣中有高偉柏跟魏逸凡之外，他們一定什麼都查不出來。如果光北拿下冠軍，那麼擁有豐富資料的我們，一定可以做出與眾不同的報導。」

苦瓜左手操控方向盤，「你想像的太美好了，乙級聯賽太小了，根本不會有人在乎，就算你做出有質量又精緻的報導，也比不上 NBA 球星轟下五十分的話題性。光北高中真的要讓大家注意到，或者我們真的要靠光北高中提高銷售量，那麼星期一的冠軍賽，只能算是一個起點而已。」

「苦瓜哥你這麼說是沒錯，可是我覺得不管結果怎麼樣，就算光北星期一輸給向陽高中，也不代表我們就沒有任何收獲。陪伴光北高中一起成長的日子讓我覺得很有意義。

「看著光北一路從丙級聯賽打到乙級聯賽，王忠軍與高偉柏的加入，一晃眼他們就要打冠軍賽，讓我覺得好像經歷了一段只有在童話故事裡看得到的劇情。」與苦瓜思考的現實面相比，蕭崇瑜的想法顯得浪漫多了，

苦瓜專心開著車，忽然說：「我們來打個賭吧。」

「什麼賭？」

「賭這一場比賽誰會獲勝。」

「苦瓜哥，這種賭法不好，我跟你都會賭是光北拿下勝利。」蕭崇瑜提議，「不如來賭光北會贏幾分，跟真正的比分越接近的人就算賭贏了。比如說我猜光北贏五分，苦瓜哥你猜十分，最後光北贏七分，那就是我贏了。」

苦瓜點頭，「好。」

蕭崇瑜想了想，說出了自己的預測：「五分。」

苦瓜不假思索地說：「兩分。」

★

凌晨四點，李光耀從床上坐起身來，關掉鬧鐘，打了一個大大的哈欠。

簡單梳洗過後，他換上長袖的運動衣褲，到廚房喝了一大杯豆漿，最後走進放置綜合型健身器材的小房間裡。

雖然星期一就要比賽，李明正也宣布星期六、日要到學校集合訓練，但李光耀沒有讓自己休息，還是依照平常的作息，起床鍛鍊。

當然了，考量到等一下李明正的訓練菜單一定會很可怕，李光耀只在健身房裡待一個小時的時間，稍微沖過澡後，在天色剛亮的早上五點半出門。

李光耀先是騎腳踏車到早餐店餵飽肚子，接著才慢慢騎往光北高中，抵達學校的時間是早上六點十五分。

這個時候，光北高中空無一人，李光耀深吸一口氣，臉上露出微笑，滿足道：「這種寧靜的感覺，真好。」

李光耀踏進球場，拿球站到罰球線上，右腳腳尖對準籃框，想像自己正在比賽最關鍵的時刻準備罰球，膝蓋微蹲的同時將球舉起，眼睛盯著籃框，緩緩將球投出。

唰！

看著球空心破網，李光耀非常滿意，大步走到籃底下撿起球，再走回罰球線上。

李光耀今天的手感非常好，以九成的命中率完成一百顆的罰球練習，接著走到弧頂三分線，練習帶一步後仰跳投。

投著投著，李光耀漸漸滿身大汗，當他即將完成後仰跳投的練習時，高偉柏、魏逸凡、楊真毅三人自遠處走來。

似乎被李光耀激起了好勝心，高偉柏與魏逸凡加快腳步到對面的球場，開始練球。

看到兩人的反應，楊真毅不禁搖頭失笑，同時也由衷地佩服起李光耀。

他這輩子還沒有看過比李光耀更認真練球的人，而且不是一股腦地練投亂練，李光耀的每一個動作都做得非常紮實。

見李光耀如此拚命練球，楊真毅胸口也湧現出熱血，馬上加入高偉柏與魏逸凡的行列。

在高偉柏、魏逸凡、楊真毅三人之後，籃球隊的其他球員也紛紛在集合時間前抵達球場，開始自主訓練。

早上八點整，李明正、吳定華、楊信哲一同走進球場。

吳定華大喊：「集合！」，所有球員立刻放下手邊動作，跑到吳定華面前站好。

李明正看著球員們精神抖擻的模樣，心裡感到滿意，大聲問：「都熱身好了嗎？」

「熱身好了！」

李明正點點頭，「很好，直接開始跑步，十圈！」

「是！」球員們早有心理準備，雙腿彷彿加裝渦輪一樣，馬上往前衝。

快速地跑完十圈之後，球員們喘著大氣，站在李明正、吳定華、楊信哲面前，眼神散發著野性。看到這種眼神，李明正知道光北全體球員都已經準備好接受今天的訓練了。

不過在訓練開始之前，李明正還有些話要說。

「下一場比賽的對手是向陽高中，他們的實力很強，比我們之前遇過的對手都還要強，所以下一場比賽先發的陣容會有一些調整……」

李明正迅速交代完下一場比賽的先發陣容之後，沒有給球員交頭接耳的機會，用力拍手，大聲說：「今天的訓練內容，早上會集中在防守，下午則是空手跑位的練習！」

時間來到接近正中午的十一點，李明正吹哨，宣布上午的訓練結束。

經過三個小時的紮實訓練，球員們各個流了滿頭大汗，拿著楊信哲帶來的水到樹蔭底下乘涼休息，同時也討論起李明正剛剛說的先發陣容。

討論不到十分鐘，楊信哲雙手提著便當，對大家大喊：「吃飯了，大家過來拿便當！」

在球員們拿便當的同時，李明正與吳定華合力從辦公室裡把白板搬了出來，放在跑道上，推到球員面前。

「大家邊吃飯邊注意到我這裡。」李明正拿起藍色的白板筆，簡單畫出了半場的圖形，「大家都知道向陽高中有一個很強的中鋒辜友榮，如果要贏得下一場比賽，你們要做好一件事，那就是限制辜友榮的發揮。

我現在就告訴大家星期一該怎麼做。

「首先，不管場上的人是誰，只要辜友榮在禁區拿到球，包夾他。我說的包夾不是指禁區的球員而已，弱邊的後衛也要馬上過來包夾。他是一個對自己很有自信的球員，所以就算被包夾，他還是不太會傳球，因此星期一的時候，只要辜友榮一拿到球，我要看到至少三個人過去包夾他，讓他發生失誤。

「記住，不要下手抄球，我們禁區人數不多，負擔不起這種雞毛蒜皮的犯規麻煩，所以讓辜友榮自己發生失誤，不要下手。

「如果他把球傳到外線，除非他是把球傳到左邊的底角跟四十五度角這兩個位置，否則不用撲出去，待在籃底下搶籃板球。我們身高沒有優勢，要搶下籃板球就要靠決心跟人數，他們籃底下有三個人在搶籃板，我們全隊五個人都去跟他們拚，一定搶得贏！

「再來是進攻的部分。辜友榮的防守能力還不錯，平均每一場比賽可以送出三次火鍋。可是他有一個缺點，就是他太喜歡蓋火鍋，下星期一的時候，不管是誰，只要有機會就去挑戰籃框，不要害怕辜友榮，只要他一陷入犯規麻煩，向陽高中的教練把他換下場，接著就是我們的機會。

「記住，對付辜友榮是我們下一場比賽的重點。只要我們可以逼他離開球場，這一場球賽的勝利一定是屬於我們的！」

下午五點，在李明正的大喊聲下，今天的訓練結束了。

球員們疲累地坐在地上喝水，李明正隨即詢問有沒有任何人需要他們載回家，不過因為時間還沒有很晚，所以球員們並不打算直接回家，開始討論起要一塊去哪裡吃晚餐。

除了一個人之外。

因為進入冬天的關係，此時太陽西沉，天色慢慢暗下來。李光耀補充完水分，站起身來，打開了燈柱的開關，拿起球，再度站上球場。

本來已經討論好要去哪裡吃飯的光北球員，看到李光耀在訓練結束之後馬上開始練習投籃，已經放鬆下來的身心又緊繃起來。

眾人對視一眼，從其他人的眼中皆看到了名為鬥志的火燄，瞬間放棄原本的計畫，跟李光耀一樣開始自我訓練。

吳定華站在李明正身旁，嘖嘖說道：「光就練球這一點來說，他們已經超越當年的我們了。」

「沒有我們，是你們，我那時候的練習量可比他們還多。」李明正說。

「是是是，你練習量最多，我們幾個最少。」

吳定華的反應引來李明正的哈哈大笑，看著正在練習切入的李光耀，吳定華問：「你有跟他說你的想法了嗎？」

李明正搖搖頭，「現在還太早了。」

吳定華點頭表示了解，「懂得自我練習是很好，可是後天就要比賽了，我擔心他這樣練下去會過勞，你要不要叫他休息一下？」

李明正又搖搖頭，「這只是他一般的練習量而已，他可能覺得今天團隊的訓練不太夠。」

吳定華驚訝地說：「今天這樣還不太夠？」

「對他來說確實不太夠。」李明正露出笑容，「不用替他擔心，他可是非常愛護自己身體的。他現在繼續練球，是因為他覺得他的身體可以承受得住，還可以為星期一的比賽多做一點準備。」

「所以現在該擔心的是其他的球員嗎？」

「照理說是這樣沒有錯。可是你也知道他們全部都是不服輸的小伙子，就算我們現在阻止他們，他們說不定也會自己另外找地方練球。所以呢，我們就在這裡靜靜看他們吧，如果發生什麼緊急的事情也可以馬上處理。」

「我不擔心會發生什麼緊急的事情，只擔心他們明天沒有力氣練球。」

「別擔心，就算明天完全不練球，也不會對球技造成什麼影響。到了這種時候，我現在叫球員練球的目的已經不是提升他們的默契或者球技，而是讓他們覺得心安。」

「心安？」

「沒錯。你想想，以前月考的時候，雖然你知道你的數學很爛，不管怎麼樣都沒辦法拿到高分，但不把書拿起來翻一翻看一看，就會有種心虛感，我現在就是在做一樣的事情。重要的比賽近在眼前，如果不把他們好好操一下，他們一定會非常不安，想東想西。」

「有道理。」

「下一場比賽要贏，心理層面反而比實力影響更深。要讓球員放開手腳上場比賽、徹底執行戰術、挑戰籃框、衝搶籃板球，首先就是要穩定住他們的心理狀態。就高中生而言，最簡單的方法就是讓他們有踏實感，讓他們覺得他們對於比賽已經做好了充分的準備跟努力，這樣他們下星期一就算感到緊張，還是可以全力以赴。」

第十章

星期日，早上八點整。

躺在柔軟大床上的謝娜，蜷曲在被窩當中，抱著枕頭。

這是謝娜睡覺的習慣，如果不抱著枕頭或者棉被的話，她會睡不安穩。

其實謝娜此時已經醒了，只是想要再賴一下床。

但昨晚十一點上床睡覺的她，已經睡了整整九個小時，加上肚子也開始對她抗議，讓謝娜不得不翻開棉被，下床把窗簾拉開。

早晨的陽光立刻灑落在木質地板上，謝娜打開窗戶，一陣略帶寒意的涼風卻吹得她微微顫抖，謝娜立刻把窗戶關起來，這才趕走寒意。

謝娜走進浴室裡刷牙洗臉，將自己瀑布般的深褐色長髮綁成馬尾後，緩緩走下樓。

福伯一聽到開門的聲音，就知道謝娜起床了，馬上放下手邊的事情，走到樓梯口，「小姐，早餐已經準備好了。」

「好。」謝娜快步走到飯桌旁，拉開椅子坐下。

福伯從廚房裡把豐盛的早餐端出來，放在謝娜面前，「小姐，今天的早餐是番茄蔬菜牛肉湯搭配白飯。飯後水果有蘋果、香蕉跟木瓜。」

牛肉湯香味撲鼻，讓謝娜食指大動，拿起湯匙舀了勺湯送進嘴裡。番茄的微酸味、蔬菜的甜味、牛肉的肉香味在嘴巴裡一次性地散發出來，讓謝娜覺得肚子更餓了。

謝娜捧起白飯，拿起筷子，一口蔬菜一口白飯，一口牛肉一口白飯，很快就把牛肉湯裡的番茄、蔬菜、牛肉全部吃完。

「好好吃。」吃完早餐之後的飽足感讓謝娜幸福不已，同時也冒出了別的想法。

福伯觀察到謝娜盯著已經被她吃完的空碗，一臉若有所思的模樣，問道：「小姐想要再來一點牛肉湯嗎？」

謝娜回過神來，搖搖頭，「我吃飽了。」

「小姐對今天的早餐滿意嗎？」

「非常滿意。」

身為管家，察言觀色是必備的能力之一。從謝娜的表情，福伯判斷道：「小姐是不是希望帶些牛肉湯給李光耀呢？」

謝娜驚訝地望向福伯，「你怎麼知道？」

看著謝娜的表情，福伯暗笑，心想，小姐妳還小，見過的世面不夠多，很容易把心裡想的話全寫在臉上。

福伯微笑，並沒有直接回答謝娜的問題，而是接著說道：「小姐如果想要拿牛肉湯給李光耀喝的話，我待會可以帶小姐去公園。」

謝娜輕輕搖頭，「李光耀今天不會在公園，明天晚上他有一場很重要的比賽，所以籃球隊今天是在學校練球。」

「那我們就把湯帶去學校給他喝。」

謝娜在腦海中想像自己提著便當盒，在眾目睽睽下交給李光耀的情景，光是想像就讓謝娜紅了臉頰，這種行為實在是太害羞了！

謝娜搖搖頭，否決福伯的提議。

「小姐是不想去，還是不敢去？」

「我才沒有不想去。」

福伯露出和藹的笑容，道：「所以小姐的意思是不敢去。是怕會因此打擾到李光耀嗎？還是提著愛心便當走進籃球場，在眾人的目光下把愛心便當交給李光耀，這種宣示主權的行為讓小姐覺得實在太難為情了呢？」

看到謝娜低垂著頭，臉色發紅的模樣，福伯就知道自己猜對了。

「小姐現在跟李光耀進展到哪一個階段了？牽手、擁抱，還是已經……」

謝娜突然激動起來，「福伯不要亂說啦！我跟他才沒有什麼進展！」

福伯微微皺起眉頭，「李光耀的手腳還真是慢啊，想當年我可是……」

為了不讓福伯繼續在這個話題打轉，謝娜連忙轉移話題，「福伯，星期一晚上我要去看球賽，麻煩你載我過去。」

「又要去看李光耀打球了，真甜蜜呢。」福伯正打算利用別種方式逗這個情竇初開的大小姐時，口袋裡的手機突然震動起來。

福伯拿起手機，看到螢幕上來電顯示的人名，迅速收起臉上的笑容，一本正經地按下通話鍵，「夫人好。

「是，是，好，今天下午三點四十分，嘉義高鐵站，是，沒問題，我會吩咐廚師準備，好，夫人再見。」

謝娜看著福伯，臉上露出沉重又失落的表情，「媽媽要回來了嗎？」

看著謝娜一臉失望，福伯心裡有所不忍，「是的小姐，夫人今天晚上回來。」

謝娜嘟起嘴，「本來不是說下星期才要回來的嗎？」

「應該是比預期還要早完成合約。夫人剛剛已經抵達桃園機場，不過會先去台北跟一些商界的朋友吃午餐，下午才會回來，而且夫人還說今天晚上要在家裡用餐。」

謝娜的心情瞬間沉到谷底，「這樣我下星期一怎麼去看球……」

福伯馬上安撫謝娜，「小姐，妳最近不是有在拉新的曲子嗎？說不定只要妳把最近練習的曲子拉給夫人聽，夫人覺得很滿意，就會同意妳去看球賽。」

謝娜站起身來，福伯的一席話讓她想起了李光耀。

為了去冠軍賽的現場幫李光耀加油，也為了讓李光耀聽到她的美妙琴音，她決定放下擔心的情緒，認真地練習小提琴。

看著謝娜往樓梯口的方向走去，福伯連忙提醒，「小姐，還有水果。」

「我先去練琴，晚點吃。」

在謝娜回到房間拿出小提琴練習時，光北高中已經開始了今天的訓練。

在今天的訓練中，李明正對於細節的要求依然嚴謹，不過跟以往不一樣的是，每一個球員都順利完成了訓練，沒有任何人落後。

李明正刻意減少訓練的分量，拉長了每一組訓練之間的休息時間，所以就連體力最差的王忠軍跟詹傑成都跟得上大家的腳步。

但球員們並沒有因此放鬆下來，因為以往練球的經驗告訴他們，李明正是一個可以輕而易舉地把他們推到極限的教練，一時的寧靜說不定是暴風雨來臨前的徵兆。每一個人都繃緊了神經，上緊了發條，沒有一絲一毫的懈怠。

然而，一直到十一點，李明正大聲吹哨，宣布今天早上的訓練結束之前，他們腦海中想像的可怕訓練都沒有成真。

球員們到場邊拿起楊信哲帶來的水，坐在地上休息。

「便當來了！」屁股還沒有坐熱，楊信哲就雙手提著便當，吆喝大家過來拿。

大夥馬上排隊拿了便當，不過因為才剛結束訓練，肚子並不餓，一時間他們也只是把便當拿在手中而已。

李明正站到樹蔭底下，對大家招手，大聲道：「大家過來這裡。」

等到球員過來後，李明正負手而立，說：「大家坐著吧，在樹蔭底下休息比較舒服，別以為今天陽光比較弱，其實眼睛看不到的紫外線還是強得很，曬久了對身體不好。」

李明正用溫和的語氣對球員說：「今天大家應該都有注意到訓練的分量比平常減少很多，我跟大家說，下午的訓練分量會更少，明天早上更不用訓練，大家睡飽一點。明天晚上就要比賽了，我希望大家以最好的狀態迎接這一場比賽。

「現在我有一件很重要的事要告訴你們，大家注意聽好了。」

李明正深吸一口氣，看著每一位球員臉上純真又清澈的眼神，認真道：「你們是我這輩子教過最棒的球員！雖然你們的實力有強有弱，接觸籃球的時間也不太一樣，有些人到光北之前已經打下很深厚的基礎，有些人則是剛進入籃球這個迷人的世界之中，可是不管是誰，你們對於籃球的態度都很正面積極。身為一個教練，這是我最看重的地方，而你們沒有任何一個人讓我失望過，你們真的很棒。

「我自己很久以前也是球員，我很了解在重要比賽之前心情會變得很緊張、興奮，尤其你們即將面對的又是向陽高中。大家都知道他們是一支很強的球隊，所以賽前沒有任何人看好我們，大家一致認為拿下冠軍的一定是向陽高中，可是現在我要告訴你們，在我的眼裡，你們比向陽高中強多了。」

李明正目光注視著魏逸凡，說道：「逸凡。」

魏逸凡大聲回應：「是，教練！」

「我一直有在觀察你的禁區腳步，現在我可以告訴你，你的禁區腳步是我看過的球員中最靈活的。就算你在禁區陷入包夾，你還是可以利用腳步擺脫防守。縱觀台灣高中籃球界的禁區球員，你的身高並不算高，可是憑你的禁區腳步跟柔軟的放球手感，不管我們遇到的對手是誰，只要禁區有你在，就可以讓我感到放心。

「偉柏。」

高偉柏立即挺起胸膛，「是，教練！」

「你是比較後期才加入球隊的人，一開始你的脾氣比較衝，我曾經因為這點擔心過，可是我很快就發現那是因為你對籃球非常投入，不管是練球或者上場比賽，這一點我非常喜歡。之後你也向我證明你是一名很懂事的球員，在我略加提點之後，你的脾氣跟情緒很快就做了改變，並且展現出讓我驚豔的球技。

「你跟逸凡不同，你的打法少了一點靈巧，但是多了野獸般的爆發力，如果沒有你的加入，光北絕對沒有辦法走到今天這個地步。」

「麥克。」

麥克沒有跟魏逸凡還有高偉柏一樣大聲回應李明正，反而低下頭，不敢面對李明正的目光，怯怯地舉起手。

李明正知道麥克害羞的個性，對他露出理解與寬容的笑容，「我這輩子看過很多很多球員，在這裡我可以很直接地對你說，你是我見過最有天分的球員，沒有之一。不管是天生的身體條件，或者是對於籃球的敏感度，你都是我看過最適合打籃球的人。才幾個月的時間，你就從一個籃球初學者變成了球隊裡的籃板王，而且不只是籃板球，連防守腳步都有很明顯的進步。

「在我眼裡，你未來一定可以成為比辜友榮更強的禁區球員，只要你把你唯一缺乏的東西找到就好。麥克，你知道要成為一個最強的禁區球員，你缺少了哪一個要素嗎？」

麥克搖搖頭。

「自信。」李明正把右手放在自己的胸口，「相信自己。看看你的身邊，你的隊友不管是誰接觸籃球的時間都比你長，可是你跟他們一起撐過了我嚴格的訓練，光是這一點就足以證明你是一個很棒的球員。星期一的比賽，幫球隊、幫我、幫隊友搶下籃板球，大家需要你。

「為了大家，你做得到嗎？」

一時間，眾人的目光全聚集在麥克的身上，麥克臉色發紅，雖然不敢面對大家的目光，卻堅定地點了頭。

「真毅。」

「是，教練！」

「在我們的禁區球員裡，你的禁區腳步沒有逸凡這麼快，身材也不像偉柏那樣厚實，身高跟彈跳力更是比不上麥克，可是你的數據卻是球隊四個禁區球員中最全面的。只要你一上場，不管禁區裡搭配的隊友是誰，你都可以幫助他們發揮出最大的能力。

「你的身體素質並不出色，可是你的籃球智商跟對比賽的理解能力毫無疑問是隊上最高的。成熟的打法、令人放心的中距離能力，真毅，你是我見過唯一比紅花更鮮豔的綠葉。」

「傑成。」

「是，教練！」

「我是一個很看重球員品行的教練，所以在我知道你過去的一些行為之後，我曾經考慮過要把你踢出球隊，可是後來我並沒有這麼做，原因有二。

「第一，你讓我看到你的改變。進入籃球隊之後，你的態度跟別人一樣非常正面，投入了全部心力，我也相信在我的訓練之下，你絕對沒有體力繼續做之前的事情。第二，你在控球方面展現出來的才華實在太令人驚豔了，讓我根本捨不得叫你離開。在來到光北之前，我在東台國中執教，那時候的東台國中跟現在的光北情況有點類似，球隊有很多問題要解決跟克服。可是當初東台國中整整花了兩年的時間才打到冠軍賽，光北卻只花了不到一年。

「不可否認的是，我們球隊裡確實有很多有實力又天賦異稟的球員，可是一支剛創立的球隊要完全融合在一起是需要時間的，因為你的存在，把這一段時間縮到最短，你在控球跟傳球上面的才華讓球隊很快地融合在一起，讓我不敢相信光北是第一年創立的球隊。傑成，正是因為有你，光北才能夠以最短的時間緊密地結合在一起。

「忠軍。」

王忠軍沒有用言語回應李明正，而是跟麥克一樣舉起手，不同的是，王忠軍舉手的速度很快，而且把手舉得很高，顯示出自信。

李明正微微一笑，他明白王忠軍是球隊裡的省話一哥。

「每一次看到你都會讓我想到一個東西，石頭。你對於三分球的執著就像是石頭一樣堅定不移，我第一次看到有人這樣完全把心力投注在三分球上面，不去在意其他的進攻方式。其實這樣很好，非常直接，只要投得進三分球，你就可以為球隊帶來貢獻，可是只要投不進，你對於球隊就沒有任何價值，明天的對手是向陽高中，你有信心對球隊帶來貢獻嗎？」

王忠軍依然沒有說話，但非常肯定地點了頭。

李明正滿意地說：「很好，身為一名射手，就是要對自己有自信，這樣在面對強大的敵人時才能克服恐懼，投進三分球。

「忠軍，射手分兩種，第一，可以把球投進的射手；第二，偉大的射手。兩者的差別在於，在連續九次出手投不進之後，第一種射手會選擇把球傳給隊友，但是第二種射手還是會繼續出手，因為一個偉大的射手，即使前九球沒有進，依然不會失去信心，會勇敢並且自信地出手第十球。

「大偉。」

「是，教練！」

「如果我說，你是整個籃球隊裡我最欣賞的球員，你相不相信？」

包大偉愣了一下，突然間說不出話來。

「你看一下身邊的隊友，你會不會覺得自己是一個異類？」

李明正接著說：「你沒有麥克的身高跟彈跳力、沒有逸凡的禁區腳步、沒有偉柏的身材、沒有真毅的籃球智商、沒有傑成的傳球天賦、沒有忠軍的三分能力，如果把打籃球的天分用一到十作為標準來衡量的話，你打籃球的天分可能不到一。

「可是在你的身上，我看到一樣東西，堅持不懈的努力。你在進入光北之前沒有接受過任何正規的訓練，但在這短短幾個月的時間裡，你的防守能力提升的比任何人都多。

「防守這個東西跟天分沒有任何關係，要把防守練好就只有一種方法，就是每日每夜毫不懈怠的苦練。大偉，如果把苦練用一到十作為標準衡量的話，你絕對是十分。我欣賞的球員永遠都不是最強的那一個，而是最認真、最努力練習的人。

「雅淑。」

「是，教練！」

「因為規定的關係，所以我沒有辦法讓妳上場比賽，即使如此，妳在板凳上還是用妳的方式幫助球隊。不管是聲音、手勢，或者肢體動作，在球隊落後時，妳總是奮力鼓舞隊友，在球隊領先時，妳是第一個歡呼的人。

「妳是光北隊的隊長，更是光北的精神支柱，我很謝謝妳。在比賽的時候，妳就像是漆黑大海中的燈塔，在心靈上引領著大家。

「光耀。」

「是！」李光耀滿懷希望地看著李明正，期待李明正的稱讚。

「你的話我就不說了，你整天都對大家說你是最強的球員，還說大家一直在逃避事實，如果我現在繼續說下去，我看大家會直接暈倒給我看。」

李明正此話一出，惹得眾人哈哈大笑。

李明正臉上帶著笑容，掃視球員一眼，「大家看一看你們身邊的隊友，每一個人都擁有獨特的能力，逸凡的禁區腳步、偉柏的厚實身材、真毅的籃球智商、麥克的籃板球、傑成的控球天分、大偉的防守能量、忠軍的三分球、隊長雅淑的精神支柱、光耀的無比自信——有你們在，星期一的比賽，贏的一定是我們。因為我們是最強的光北隊！」

★

凌晨四點鐘，床頭的鬧鐘響起。

李光耀伸出手按掉鬧鐘，坐起身來，無懼早上的寒冷，翻開棉被下床，走到了籃球場。

他花了五分鐘的時間簡單熱身，拿起一顆籃球，深深吸了一口氣，開始練習罰球。

今天李光耀菜單裡唯一一項練習，罰球。

李光耀不願意在重要的比賽之前冒任何的風險，所以罰球是最適合的訓練，不用跳起來，不用跑動，還可以維持手指對球的敏銳感覺。

唰、唰、唰……

清脆的唰聲不斷傳來，李光耀每一次的投籃都非常仔細，講求細節，也讓他今天的命中率比平常還要高。

因為時間充裕的關係，李光耀總共投進了兩百顆罰球，手感比往常還要更好，他點點頭，極度滿意今天的狀況。

練習完罰球，李光耀回到房間，穿上了制服，把代表光北高中的球衣跟球褲折好，小心翼翼地放進後背包裡。

離開房間，走到李明正臥房前，正打算敲門時，李明正剛好開門了。

李明正毫不意外地看著門外的李光耀，每次在重要比賽當天，李光耀就會停止一切跑動式的練習，當中自然包含了跑步到學校這一項。

「走吧。」李明正手裡拿著車子鑰匙，剛好他也有話要對李光耀說，到學校的這一段路程是很好的機會。

父子倆一起出了家門，坐上車，李明正轉動鑰匙，引擎隨即轟隆轟隆響，輕踩油門，車子緩緩駛離車庫。

李明正一邊認真地開車，一邊說：「今天對向陽，你上場的時間會比較多，最近訓練的分量比較辛苦，你的身體應該還好吧？」

李光耀沒有說話，伸出了大姆指。

李明正笑罵一聲：「臭小子，連說話的力氣都要省啊？」

李光耀點頭。

「你這小子太誇張了。」李明正很快轉回正題，「今天這場比賽會讓你有比較多的出手機會跟上場時間，不過有一個前提，那就是……」

早上十點，校長室。

「什麼，加上啦啦隊還不到五十個人，這麼少！」葉育誠拿著話筒，從椅子上激動地站起身來，話筒的另一端則是莫名其妙把這個責任擔下來的楊信哲。

「主要是因為家長不同意，擔心學生的安全問題。」楊信哲說。

葉育誠大大地嘆了一口氣，「好吧，其實我當初也有想過這個問題，只是沒想到不贊成的家長這麼多。」

楊信哲直接說：「其實是因為這只是乙級聯賽的關係，如果今天是甲級聯賽的冠軍賽，情況又會不一樣。」

葉育誠深吸一口氣，壓下激動的情緒，「意思就是我們籃球隊走得還不夠遠，對吧。」

「沒錯，甲級聯賽有電視轉播也具有知名度，家長會比較放心，學生也會比較嚮往，願意到現場幫球隊加油的人數一定會多很多。」

「而且這一次準備的時間太匆促了，就意見調查表上面的名單統計，今天要去現場加油的全部都是球員的同班同學，如果有多一點時間準備，我有把握可以把人數提升到一百人左右。」

「沒辦法，乙級聯賽的賽程就是這麼一回事，如果我們太早對學生說我們要打冠軍賽，卻在之前就輸給了別的球隊，那麼籃球隊在學校就成了笑柄。」

「這麼說也是沒錯。」

「算了，確切人數有多少人？」

「四十一個人。」

「好，那就先這樣吧。」

楊信哲語氣驚訝，「什麼！？就這樣？」

「不然呢？」

「我還以為你會叫我馬上去處理巴士的問題，我都已經做好心理準備了，你什麼時候這麼大發慈悲了？」

葉育誠笑罵一聲：「你覺得我這個校長是專門來壓榨你的嗎？」

「是不到專門，但就之前……」

「你給我閉嘴，專心上你的課，這件事我自己會想辦法，不會麻煩你這個助理教練。」

這時，低沉的鐘聲響起，楊信哲突然想起自己這一節有課，語氣急促，「不說了，我這個萬人迷化學老師要去上課了。」

話一說完，楊信哲直接掛掉電話，讓葉育誠沒辦法把已經到喉頭的話一口氣吐出來，只能用力掛上電話，「真的是造反了，這年頭的老師真的是目無尊長！」

葉育誠哼了幾聲，馬上拿起話筒，撥了租車公司的電話，「你好，我這裡是光北高中，對對對，今天有比賽，不過是這樣的，今天人數比較多，可以多租兩台小巴嗎？」

「嗯，我覺得這個提議不錯，就這樣辦。」楊翔鷹坐在會議室裡，對等待他最後決議的下屬們點了頭，「會議結束，大家辛苦了。」

每個星期一，楊翔鷹都會在中午休息時間之前招開長達一個小時的會議，而這一個小時對這些管理階層來說是整個星期最痛苦的時間，不過一旦熬過了，接下來就輕鬆多了。

楊翔鷹站起身來，邁開大步離開會議室。在他離開之後，其他人輕呼一口氣，才敢交頭接耳，慢慢地離開會議室。

回到辦公室的楊翔鷹，拿起電話話筒，按下了米字鍵。電話響了兩聲，話筒另一端馬上傳來渾厚的男聲：「董事長好！」

「黑咖啡，牛奶，匯報下午行程。」

「是。」

楊翔鷹掛了電話，把鼻梁上的眼鏡拿了下來。年紀有了，老花眼越來越嚴重，已經到了楊翔鷹必須服老，去配一副老花眼鏡的程度。

趁著助理還在泡黑咖啡的空檔，楊翔鷹靠在椅背上，閉眼稍事休息。不到五分鐘，門外傳來叩叩的敲門聲。

楊翔鷹戴上眼鏡，臉上疲累的模樣瞬間消失不見，「請進。」

助理小心翼翼地把黑咖啡、牛奶、湯匙放在楊翔鷹桌上，翻開行程表，「報告董事長，今天下午的行程基本上沒有任何變動。不過晚上六點在大億麗緻飯店裡的法式餐廳有一場餐敘，市長跟幾位議員都會到場。」

楊翔鷹把牛奶倒入咖啡裡，拿起湯匙攪拌，很快喝了一口，「不去。」

助理愕然，從他進到公司被楊翔鷹相中擔任助理的這六個月裡，一般只要有餐敘，不管與會人員的來頭是大是小，楊翔鷹都一定會到場。今晚的參與來賓有許多政商界擁有實質影響力的人物，沒想到楊翔鷹竟然反常不去。

楊翔鷹隨手拿了一張紙，快速地寫下一個地址，「告訴司機今天晚上要去這個地方，請他先查好路線。」

「是。」助理偷偷瞄了地址一眼，心想，董事長就為了要去這個地方所以推掉餐敘？

把地址交給助理之後，楊翔鷹看了看手錶，「午休時間到了，你先去休息吧。」

「是，謝謝董事長。」

沈佩宜坐在講桌前，盯著學生寫考卷，心思卻飄到遠方。

今天收回聯絡簿之後，沈佩宜抽出意見調查表，看也沒看就在早自習結束後直接丟給楊信哲，沒想到楊信哲竟然驚訝地對她說：「沈老師，妳的班上有二十個人要到現場幫籃球隊加油耶！是目前所有班級中最多的！」

沈佩宜對此沒有任何反應，楊信哲又問：「沈老師，妳今天會到現場加油吧？」

沈佩宜看了楊信哲一眼，沒有回應，回到位子上坐好，埋首繼續批改學生的作業。不過楊信哲問的話，始終在她心裡徘徊不去。

她相信在學校的老師裡面，如果她說她是抗拒籃球隊的第一名，絕對不會有老師會站出來說自己是第一名。

然而諷刺的是，討厭又抗拒籃球隊，認為籃球隊只是浪費學生時間的她，所帶領的一年五班竟然出了三個球員，冠絕光北高中。

現在要到現場幫籃球隊加油的學生也是所有班級中最多的。

沈佩宜臉上泛起一絲苦笑，或許她始終在逃避現實吧。

曾經她不准班上的球員參加籃球隊，除了認為籃球會浪費學生寶貴的時間之外，隱藏在她內心深層的聲音是，她不想要籃球這該死的東西再次進入她的生命中。

這輩子籃球帶給她的痛苦遠遠大於喜悅，那份痛苦讓她難以承受，她這輩子不想要再跟籃球有任何的關聯。

可是她越是想要脫離籃球，籃球卻越是像影子一樣追著她跑，不管她跑到哪裡都緊緊地跟在她的身後，甩都甩不掉。

跑到現在，沈佩宜覺得自己累了，她已經沒有力氣了，她只希望籃球可以放過她，讓她可以過想要的生活，讓她的生命可以擺脫籃球帶來的陰霾。

她只想要安安穩穩地當一個老師，簡簡單單地度過這一生，平平凡凡當一個普通人就好。

她想要的人生就是這麼簡單，不用住大房子，不用穿名牌，不用開好車，不用吃大餐，除去籃球這該死的東西，她非常滿意目前的人生。

沈佩宜輕輕嘆了一口氣，眼神黯淡無光。她不知道上輩子到底是得罪了籃球什麼，為什麼現在籃球要這樣苦苦逼她？

從大學時代的劉裕翔，剛開學的李光耀，後來的王忠軍跟麥克，一直到現在的學生加油團，她真的不知道自己做錯了什麼，她明明已經使盡全力在擺脫籃球了，為什麼籃球就是不肯放過她？

「小翔，你之前說過，因為遇到了籃球，你的人生找到了目標，伴隨而來的是喜悅與歡笑，可是為什麼籃球帶給我的卻是這種無止盡的痛苦？」

「小翔，你覺得我該到現場加油嗎？」

「小翔，我覺得好迷茫，你可以告訴我該怎麼做嗎？」

「小翔，我如果現在辭職，是不是就可以徹底擺脫籃球，還是籃球又會以另外一種形式闖進我的生命中？」

「小翔，我真的已經逃得很累了，我不知道我到底還有沒有力氣繼續躲下去……」

「苦瓜哥，我們是不是有點太早到了？」跟台北相比，台南的豔陽高照讓蕭崇瑜脫下身上的外套，原本車上運轉的暖氣也變成了冷氣。

坐在副駕駛座的苦瓜，右手靠在車窗上，不同於蕭崇瑜，怕冷不怕熱的體質讓他喜歡上台南的陽光，「你對台南有什麼印象？」

蕭崇瑜不假思索地說：「熱。」

「還有呢？」

「大家只把紅綠燈當參考用。」

苦瓜噗哧一聲，不禁笑了出來，「好，除了這兩樣呢？」

「聽說台南有很多美食，可是因為我還沒有在台南好好玩過，所以不知道大家說的是真的還是假的。」

「等一下你就會知道了。」

「苦瓜哥你的意思是！？」蕭崇瑜雙眼發光，滿臉期待地看向苦瓜。

「每天都吃便當你不會膩嗎？現在才中午十二點半，比賽七點才開始，趁比賽開始之前在台南市區晃晃，放鬆一下身心應該不為過吧。」

「天啊，苦瓜哥你是認真的嗎？」蕭崇瑜感到驚喜。

「你東西準備好了吧？」

「是，苦瓜哥，不管是資料或者攝影器材都準備好了！」

「嗯，既然我們已經做好最充分的準備，那麼就要好好利用這一段時間。在今天這場比賽結束之後，會有很多事情要做，到時候就沒有太多機會可以休息。」苦瓜在 GPS 上輸入一段地址，機器傳來聲音：「GPS 已定位，路線更改，請在前方五百公尺處下交流道……」

「聽說這家的牛肉涮涮鍋非常好吃，今天午餐就去那裡吃吧。」

「是，遵命！」

第十一章

第八節的下課鐘響，對於大部分的學生來說，這道鐘聲代表的是他們可以回家放鬆，可是對籃球隊而言，鐘聲代表的不是結束，而是提醒他們晚間的戰事即將來臨。

李光耀站起身來，離開一年五班，邁開大步走進了一年七班，看到謝娜坐在位子上，正在整理書包，準備回家。

李光耀走到謝娜面前，說：「我們今天集合的時間比較早，我就不陪妳去等車了。」

謝娜看著李光耀，發現他今天散發出來的感覺跟平常不太一樣。平常的李光耀就像太陽一樣，渾身上下散發耀眼的自信，可是這股自信今天好像躲進他的身體裡。

這樣的李光耀讓謝娜感到害怕，因為她感覺這些自信並不是真的消失，而是被李光耀儲存起來，等待時機成熟就會像水庫洩洪一樣一口氣爆發出來。

謝娜拿起書包，站起身來，搖搖頭，用德文說：「沒關係，小君會陪我。」

李光耀看著謝娜，溫柔地說：「在比賽前看看妳，心裡踏實多了。」

謝娜臉色一紅，心裡同時出現一股複雜的情緒，她要怎麼跟李光耀開口，說她今天比賽可能沒有辦法到場為他加油？

就在謝娜心裡情緒亂得讓她感到無比煩悶時，李光耀牽起謝娜的手，把她往自己一拉，緊緊地抱住她。

李光耀低下頭，謝娜的髮香頓時竄入鼻子當中，讓他感到一陣放鬆，雙眼閉上，享受從內心深處傳來的平靜。

因為小君就在旁邊看著，謝娜羞紅了臉，卻捨不得推開李光耀。她將頭靠在他厚實胸膛之中，沉浸在李光耀傳來的溫暖。

也不知道過了多久，李光耀終於鬆開了手，對謝娜露出笑容，「今天我絕對會帶領光北拿下比賽的勝利，妳一定要過來看。」

話一說完，李光耀對謝娜露出了溫柔的笑容，大步離去。

在小君的想像中，此時的謝娜應該會是一臉幸福，但當她的目光從李光耀離去的背影移到謝娜臉上時，卻看到謝娜顯露了濃濃的不安與猶豫。

小君察覺事情有些不太對勁，問：「娜娜，怎麼了嗎？」

謝娜搖搖頭，拉著小君的手，「走，陪我去等車。」

李光耀回到教室的時候，王忠軍跟麥克都已經不在教室裡，李光耀知道他們兩個人早自己一步先去集合。

李光耀往上看了掛在牆壁上的時鐘一眼，四點五十三分，距離集合時間還有十五分鐘左右，時間絕對來得及。

李光耀拿起後背包，先是到廁所換上光北高中的藍色球衣，套上棉質外套保暖，穿上球鞋。

這一刻，他的身分已經從光北高中的學生，變成了光北籃球隊的球員。

李光耀走出廁所，一路離開了教學大樓，少許還沒有到門口排隊的學生，對著他大喊：「李光耀，比賽加油！」

這一聲大喊就好像投入寧靜湖水中的石頭一樣，頓時激起了數道漣漪，其他人也紛紛對李光耀喊道：「比賽加油！」、「你們是最棒的！」、「李光耀加油！」、「光北加油！」、「要拿冠軍回來！」

對於這些加油，李光耀只用一個動作表示回應，伸出右手，對他們舉起大姆指。

在走向教練辦公室的路上，加油聲此起彼落，這時學校傳來廣播聲：「學務處報告，學務處報告，有參加籃球隊加油團的學生，請到學務處領取便當。有參加籃球隊加油團的學生，請到學務處領取便當，報告完畢。」

廣播結束後，李光耀發現了一群學生興奮地往學務處走去，心想沒想到竟然真的有人要到現場幫我們加油。

李光耀加快腳步，走進教練辦公室的時候，看到所有的隊員都已經到了，而且除了球員之外，啦啦隊的隊員也都在，當中也包含了劉晏媜。

「光耀，來，這是你的。」吳定華指著桌上剩餘的便當。

李光耀點點頭，把後背包靠牆放著，不過他沒有馬上拿起便當吃，而是走到移動式的白板前，把白板拉出來，拿起藍色白板筆，在白板寫下了幾個大字。

「**我們是最強的！**」

★

當小巴士抵達球館時，身為校長的葉育誠率先下車，環視球館一眼，本來充滿雄心壯志的他，心裡卻突然出現了一股極端不妙的感覺。

整整十台大型巴士停在球館周圍，位於車頭與車腹的車門打開之後，穿著制服的學生們不斷走了下來，葉育誠定眼一看，發現這些學生制服的左胸處，繡著「向陽」兩個字。

葉育誠心裡簡單算了一下，假設一台大型巴士坐得下五十個人，如果十台巴士全部坐滿，那麼這一次向陽高中來的學生至少有五百個人！

看到向陽高中的學生如同螞蟻一樣湧進球館裡，葉育誠臉色沉了下來，心想，這麼大的陣仗，看來向陽高中跟我們一樣，對於乙級聯賽的冠軍寶座是勢在必得。

正當葉育誠皺起眉頭，擔心光北的氣勢會因為向陽的學生而陷入不利的情況時，一道大喊聲傳來：「葉流氓！」

葉育誠順著聲音的方向看過去，發現高聖哲手裡拿著一根長約兩公尺的旗杆，旗桿上繫著一面大旗子，旗子的樣式非常簡單，水藍色的底，上頭有著四個純白的大字，「光北高中」。

「聖哲，你怎麼來了！院長，你也到了！」葉育誠大步走向高聖哲，而高聖哲身旁還跟著面容和藹的院長。

「當然是來看我兒子表現的，怎麼樣，這旗子不錯吧。」高聖哲得意地舉起旗子，「這可是我為了這一場比賽去訂做的。」

一旁的院長說：「我之前都沒有看過麥克比賽，今天這麼重要的一場比賽，我當然要到現場幫麥克加油。」

「我剛剛一到球館，不知道從哪裡進去，剛好遇到他。沒想到他也是球員的爸爸，你說巧不巧，對了，偉柏呢？」高聖哲語氣興奮，不斷探頭找尋高偉柏的身影。

「爸！」高偉柏宏亮的聲音傳來，快步走到高聖哲身旁，「你真的來了！」

許久不見高偉柏，看到高偉柏在這段時間身材比起以前似乎更高、更厚實了些，心裡感到十分欣慰。高聖哲拍拍高偉柏厚實的臂膀，「好，兒子，等一下好好表現！」

「當然！」

「爸爸。」麥克看到院長，激動地大步跑了過來。

院長看到麥克身穿光北球衣的模樣，內心裡溢出了滿滿的驕傲，「等一下要加油。」

麥克大力點頭，「嗯。」

李明正走了過來，對高聖哲與院長說：「現在球隊要去紀錄組報到，我們先走了，有什麼話晚一點再說吧。」

高聖哲看了神情嚴肅的李明正一眼，從李明正臉上的表情，高聖哲知道今天的比賽一定是一場硬仗，回頭望著高偉柏，「兒子，老爸我會在觀眾席上揮舞這面大旗子，為你跟光北高中大聲加油的！」

「好！」

院長與麥克之間的情感不像高聖哲父子一樣慷慨激昂。

院長溫和地對麥克說：「加油。」

麥克大力點頭，「嗯。」

「我們走吧。」李明正帶領球員大步走進球館裡，準備到紀錄台報到。

「你們等我一下，我帶學生過來。」校長轉身，正準備親自整隊帶領學生到球館裡，卻發現這件事已經有人代勞了。

劉晏媜站在啦啦隊員與學生加油團面前，雙手叉腰，頗有大姐頭的氣勢，「有沒有看到向陽高中人很多，至少有上百個人，你們自己想像一下上百個人一起大喊的景象，是不是覺得很可怕！？」

「……」

沒有反應。

劉晏媜太陽穴的青筋頓時爆出，雙眼瞪大，深吸一口氣，大喊：「是不是覺得很可怕！？」

所有人被劉晏媜嚇了一跳，點頭如搗蒜。

「說出來！」

「很可怕。」聲音小如蚊蚋。

「大聲點，聽不見！」

所有人於是大吼：「很、可、怕！！！」

音量之大，讓劉晏媜忍不住把耳朵捂住。等到大吼聲結束之後，劉晏媜滿意地右手握拳，「很好，等一下就照這個音量幫光北加油。球員在球場上努力打球，我們也要在觀眾席上大聲幫他們打氣！大家跟我走！」

劉晏媜轉身，瀟灑地走向球場。

「哇塞，苦瓜哥，向陽高中來的學生也太多了吧，好險我們提早過來，不然我們這個好位置就會被搶走了。」蕭崇瑜看著向陽高中的學生突然湧了進來，瞬間占據了球館裡三分之二的座位。

苦瓜蹺著腳，看著向陽高中的學生們。每個人的臉上都充滿期待，很多學生已經拿起手機在拍照，不少人手裡還拿著自製的加油板，上面寫著「𡍼友榮最強」、「𡍼友榮加油」、「向陽加油」等等的醒目應援語。

「撇除軟硬體的設備，光是向陽高中對於籃球隊的態度，就超過很多甲級的球隊了。」

蕭崇瑜拿起相機，對著向陽高中的學生按下快門，拍下了這難得一見的景象，「從丙級聯賽就開始追光北高中，到目前為止也不知道幾場比賽了，觀眾全部加起來也沒有向陽高中這一次來的學生的一半。就不知道光北會不會也來這麼多學生了。」

蕭崇瑜話一說完，就看到一個頭髮微禿的中年人拿著一面醒目的大旗子走了上來，在他身後還有一群光北高中的學生。

「苦瓜哥，光北也有學生過來！」蕭崇瑜興奮地指著樓梯口的方向，不過這樣的情緒沒有維持很久，因為他很快就發現光北這一次來的學生，比起向陽高中根本少的可憐。

葉育誠、高聖哲、院長走在前頭，帶領著學生們走進球館內，看到向陽高中的學生已經占據了大半的位置，心裡一沉，雙方加油團的人數差距在十倍以上，一定會對氣勢造成影響。

這座即將進行乙級冠軍賽的球館不大，大約可以容納八百人，在向陽高中占領了當中五百個座位之後，剩下三百個座位對光北高中來說還是綽綽有餘。

在剩餘的三百個座位當中，位置最好的地方除了有苦瓜跟蕭崇瑜之外，還有一位穿著西裝，梳著俐落油頭的中年男子。跟現場觀眾相比，這名中年男子的存在顯得非常突兀。

當葉育誠看到中年男子的背影，移動腳步，進而看到側臉時，不禁驚呼：「會長！」

葉育誠連忙走下階梯，來到楊翔鷹面前，伸出手，「會長，你也來了！」

楊翔鷹站起身，也伸出手跟葉育誠握手，「我之前太忙了，沒有時間到現場看真毅打球，我知道今天的比賽很重要，所以不管再怎麼忙，我這次都不會缺席。」

「如果真毅看到你，一定會很高興的。」話說完，葉育誠馬上招呼大家坐下，「大家找到位子就坐下來！」

學生們帶著惴惴不安的心情坐了下來，看著相隔三十公尺外，像海洋般的向陽高中加油團，覺得自己就像是大海裡的一葉扁舟，隨時會被淹沒。

就連劉晏媜看到向陽高中加油團的人數，心裡也出現了一絲擔心的情緒，正打算利用賽前的精神喊話鼓舞士氣時，向陽的學生加油團此時爆出了熱烈的呼聲：「向陽、向陽、向陽、向陽、向陽！」

向陽高中的球員身穿鮮紅色的球衣，由總教練帶領，昂首闊步地走進球場之中。球員們臉上充滿了必勝的自信，眼神裡閃爍著睥睨眾人的王者之氣，渾身散發出狂霸的氣勢，似乎在對現場所有人說，他們不是過來比賽，而是過來拿冠軍的！

向陽高中球員的氣勢讓劉晏媜倒吸一口氣，這時她才知道光北高中面對的敵人有多麼可怕。就在這個時候，光北高中也在李明正與吳定華的率領之下，走進球場之中。

劉晏媜霍然站起身來，對著加油團大聲喝道：「球員進場了，我們也要幫他們加油！大家看我的手勢，跟我做同樣的動作，鼓手打鼓，大家一起喊加油！」

劉晏媜右手握拳，高舉右手，「光北加油、光北加油、光北加油！」

劉晏媜身後的學生跟啦啦隊隊員如夢初醒，扯開了喉嚨幫光北高中加油，但是十倍以上的人數差距，讓他們的加油聲完全被淹沒，現場只聽得到向陽高中的加油聲。

「向陽、向陽、向陽、向陽、向陽！」

比賽正式開始前的第一場較勁，光北高中輸得一塌糊塗。

李明正跟向陽高中的總教練顏書洋，各自率領自己的子弟兵在紀錄台完成了賽前登錄的手續。

李明正完成登錄手續之後，準備帶領球員到板凳區，顏書洋卻突然叫住了他，「李教練。」

「顏教練。」李明正對顏書洋點頭致意。

顏書洋對李明正伸出手，「光北高中今年才創隊就可以有這樣的成績，我非常佩服。」

李明正也伸出手，簡單地說道：「謝謝。」

兩個男人的大手在空中相握，這個畫面被蕭崇瑜完整地補捉下來。

顏書洋說：「今天這一場比賽，我很期待。」

李明正嘴角上揚，顏書洋話中充滿了上位者的驕傲，李明正知道這個賽前的握手只是顏書洋對他們即將拿下冠軍前的致意而已。

這是顏書洋對於球隊的自信與驕傲，而向陽高中確實也具有這樣的實力。不過李明正打從心裡認為光北的能力絲毫不弱於向陽，而且自己的球員都在一旁看著，他絕對不能因為禮貌的關係，而讓球員覺得他示弱。

本來李明正想要禮貌性地回應顏書洋，但他改變主意回道：「我也是，我相信這一場比賽對於我們球員來說，絕對是明年二月前最好的經驗。」

顏書洋臉色微變，每一年的一、二月份是甲級聯賽開打的時候，李明正的說詞隱藏的意思就是，能夠前進甲級聯賽的是我們光北高中，不是你們！

看著李明正臉上的笑意，顏書洋也勾起笑容，兩人眼神在空中碰撞，激盪出無形的火花。他們同時鬆開手，不發一語，雖然鐘聲還沒有響起，但是這一場比賽在這一刻就已經開始。

光北與向陽的球員把身上的背包放下之後，迅速到場上練習投球。一踏上球場，向陽的當家中鋒辜友榮馬上仰天大吼，吸引了全場的注意。他右手抓著球，大步奔跑，在籃框前奮力跳起，右手把球往後一拉，重重地塞進籃框裡。

砰！

巨響傳來，籃球架止不住地搖晃，辜友榮瀟灑的灌籃引起了向陽學生的歡呼，尖叫聲不斷。

辜友榮落地後，眼睛緊緊盯著另一個半場的光北高中，眼神裡冒出了熊熊的鬥志，而在光北球員的眼裡，這樣的鬥志完全可以解讀成挑釁。

光北高中的球員目光不約而同地落在李光耀身上。李光耀是全場唯一一個沒有理會辜友榮的人，始終維持著自己的節奏練習罰球。

個性較為衝動的高偉柏眼見李光耀不為所動，就要衝向籃框完成一記大灌籃，此時李光耀卻說話了——

「在練習的時候灌籃誰都做得到，不用理會他，不要浪費體力在這種根本不重要的事情上。」李光耀又投出一球。

唰，空心命中。

高偉柏停下腳步，用奇怪的目光看著李光耀，今天的李光耀實在太詭異了，不僅比平常沉默，就連在這種時候都不為所動。

光北全隊上下都感受到李光耀散發出與平常不同的感覺，那狂放的自信收斂，卻彷彿一座正在醞釀的火山，不知道什麼時候會爆發出來。

李光耀接過麥克傳給他的球，對全隊說：「我們來這裡是為了贏球，這是一場非常重要的比賽，對方是我們不可以輕視的對手，所以我們要把注意力放在最重要的事情上，回應對方的挑釁我認為只是浪費力氣。」

李光耀的解釋讓高偉柏放下灌籃的意圖，重新開始練習禁區腳步。

辜友榮注意到在他灌籃之後，光北隊包含魏逸凡跟高偉柏在內，所有人的目光都集中在身穿二十四號球衣的球員身上。這個發現打破了他對光北原先的想像，他以為王牌球員一定是魏逸凡或高偉柏，但是從光北隊剛剛的反應，似乎是那個二十四號。

辜友榮緊緊盯著李光耀的背影，將他投籃的身影烙印在腦海裡，心想，不管你是因為什麼原因當上光北的王牌，不管你是我們冠軍路上的小石子或者大石頭，我都會一腳把你踢開！

叭！

低沉的聲音響起，紀錄組人員拿起麥克風，宣布道：「比賽五分鐘後開始！」

光北跟向陽的球員紛紛離開球場，兩邊的教練趁著這五分鐘的時間，最後提醒先發球員待會的任務與目標。

李明正對圍繞在他身邊的先發球員說道：「記得，不管等一下向陽上場的後衛是誰，只要他們一把球傳給辜友榮，我要看到至少三個人去包夾他。除非是左側底角跟四十五度角，否則不用撲出去防守他們的三分線攻勢，進攻的時候找到機會切入，不要怕，去挑戰籃框，就算被辜友榮蓋火鍋也不要怕。還有……」

李明正看著球員，沉著地說：「你們是最強的！」

李明正一說完話，謝雅淑馬上跳起來大喊：「隊呼！」

謝雅淑高高舉起雙手，光北全隊把手放在謝雅淑的手上，以謝雅淑為中心圍成一圈，見到這個景象，劉晏媜馬上站起身來，對鼓手示意。

場上的球員與觀眾席上的啦啦隊，雖然沒有事前演練過，此刻卻展現出了無比的默契。謝雅淑在圓圈裡面，劉晏媜則是在所有啦啦隊跟學生面前，兩人同時高喊：「光北！」

球員、啦啦隊、學生加油團大喊：「加油！」

「光北、光北！」

「加油、加油！」

「光北、光北、光北、光北！」

球員們吸飽了氣，大吼：「捨、我、其、誰！！！」

啦啦隊及學生加油團高喊：「加油、加油、加油！！！」

呼聲結束，光北的先發球員抬頭挺胸地走上球場，先發陣容由高偉柏、魏逸凡與楊真毅聯手坐鎮禁區，後衛的搭配則是李光耀與包大偉。

跟之前的先發陣容比起來，因為高偉柏成為中鋒的關係，光北的禁區身高變矮了，但是不管進攻或者防守的威力都提升了不只一個層次。而李光耀與包大偉聯手的外圍防線，雖然犧牲了詹傑成所帶來的控球組織能力，不過防守因此大大提升。

在光北高中之後，向陽高中的先發球員也踏進球場，引來了觀眾席上五百人的歡呼聲：「向陽、向陽、向陽、向陽、向陽！」

向陽的先發陣容，禁區一如往常，由三十六號辜友榮為核心，搭配二十五號陳信志跟十二號翁和淳。外圍的搭配則是兩名較高，擅長外線投射與控球組織的後衛，十五號林盈睿、十九號溫上磊。

一百九十三公分的高偉柏與兩百零三公分的辜友榮走到中圈，面對面，兩人十公分的身高差距在這個時候完全顯現出來。

裁判踏進中圈之中，右手托球，眼神看向紀錄台，紀錄組人員點了頭，裁判奮力吹哨，尖銳的哨聲迴盪在球場內，同時把球高高一拋。

比賽正式開始！

當球抵達最高點的瞬間，高偉柏與辜友榮同時跳了起來，十公分的身高差距加上手長，讓辜友榮輕易地幫向陽高中取得了比賽第一波球權。

辜友榮把球往後一撥，十五號控球後衛林盈睿穩穩地接到這顆球，舉起右手，「好，打一波！」

林盈睿快速把球帶到前場，右手比了戰術，場上隊友接收到指示，按照平常練習的方式跑位。比賽一開始辜友榮就展現出了好勝心，在罰球線右邊卡位，舉高右手要球。

辜友榮身高加上體重的優勢，讓高偉柏完全動彈不得，光是要頂住辜友榮就使勁了全力，魏逸凡連忙過來補防，站到辜友榮身旁，只要控球後衛一把球傳過來，他就可以馬上把球抄走。

林盈睿思量之後，認為辜友榮雖然有身高優勢，不過具有甲級實力的高偉柏跟魏逸凡並不是好對付的角色，選擇把球傳給得分後衛，溫上磊。

溫上磊在右邊側翼接到球，很快傳給被楊真毅防守的小前鋒翁和淳。

魏逸凡擔心自己的補防會造成大前鋒的空檔，溫上磊一接到球，魏逸凡馬上回到自己對位防守的大前鋒身旁，不過魏逸凡的動向被溫上磊看穿，立刻把球高吊傳給辜友榮。

辜友榮高高跳起來，右手把這一顆高吊球抓下來，馬上展開攻勢，下球往左切，雖然速度不是特別快，不過靠著身高跟噸位上的優勢直接頂開高偉柏，大步一跨，魏逸凡跟楊真毅要補防時已經來不及，辜友榮左手勾射出手，高偉柏連球都摸不到，只能眼睜睜看著帶著側旋的球落在籃板上，彈入籃框內。

辜友榮在比賽一開始就展現出過人的得分能力，在高偉柏頭上左手勾射得手，幫助向陽高中取得領先，比數零比二。

高偉柏撿起球站到底線外，臉色很臭，額頭上寫著不甘心三個大字，「太可惡了，竟然把我擠到籃底下，讓我根本沒有防守的空間！」

李光耀接下高偉柏的底線發球，對他說：「想要把這兩分討回來嗎？」

「廢話！」

「那就不要把力氣浪費在抱怨上。」

話一說完，李光耀快速過了半場，高偉柏也閉上嘴，眼神冒出鬥志，跑進禁區裡面卡位。

李光耀本來想要舉起戰術的手勢，卻見到高偉柏用眼神告訴自己，把球給我！

高偉柏把辜友榮卡在身後，剛剛被辜友榮得兩分的他，不打算跑戰術，而想利用本身的單打能力拿回兩分。

李光耀知道高偉柏牛脾氣犯了，鐵了心要單打辜友榮，就算叫他跑戰術也不會理會，只好把球傳給高偉柏。

高偉柏接到李光耀的地板傳球，轉身往禁區切，想利用充滿爆發力的第一步突破辜友榮的防守，但是辜友榮大腳往籃底下一跨，追上了高偉柏。

高偉柏發現辜友榮追上來，順勢一頂，按照他的劇本與過往經驗，對位防守他的球員會被他撞開，讓他有足夠的空間可以收球上籃，但是當高偉柏肩膀頂上辜友榮的瞬間，他卻像是撞上一面牆壁一樣被狠狠地彈開。

沒想過會發生這種事的高偉柏，在慌亂之間收球，但人在底線的他很快就被辜友榮跟大前鋒陳信志包夾住，完全動彈不得。

「球！」魏逸凡連忙跑過去接應，高偉柏也馬上把球傳過去。

然而，在一旁虎視眈眈的小前鋒翁和淳等的就是這一刻，眼明手快將球抄走，並且立刻往前場甩，得分後衛溫上磊跟控球後衛林盈睿早已偷跑。

林盈睿在中線接到球，傳給繼續往前場飛奔的溫上磊，輕鬆兩步上籃得手。

向陽高中展現出了絕佳的防守能力跟默契，快速的攻防轉換能力讓光北高中完全措手不及，比數零比四。

謝雅淑從板凳上跳起來，大喊道：「高偉柏，你在幹什麼！？辜友榮跟我們之前遇到的對手不一樣，不能用之前的方式對付他！」

高偉柏心裡暗恨，卻不得不承認辜友榮實力比他想像中的還強，之前無往不利的單打在辜友榮面前顯然行不通。

在新興高中的時候，高偉柏大多數時間都是擔任小前鋒跟大前鋒的位置，因為先發跟替補都有兩百公分以上的長人，中鋒這個位置怎麼樣都不會輪到他打。然而來到光北之後，他偶爾必須扛中鋒。

這對他來說是嶄新的挑戰，不過之前遇到的敵人實力都不強，所以他還是可以在禁區肆虐，一直到現在遇到辜友榮，他才明顯有種力不從心的感覺，就跟謝雅淑說的一樣，用以前的方法來打絕對對付不了辜友榮。

對高偉柏而言，除了在新興高中因為個性引發的問題之外，辜友榮無疑是他在高中生涯遇到的最強挑戰。

在認知到這個事實之後，高偉柏反而冒出了熊熊鬥志，冷靜地思考自己跟辜友榮之間的差別，藉此釐清自己應該採取什麼樣的戰術才能夠對付他。

此時的高偉柏，還沒有發現自己在進到光北之後的變化。如果是以前的他遇到這樣的狀況，心裡一熱，就會越打越糟糕。但是現在的高偉柏，在李明正的教導之下已經開始學習怎麼用頭腦打球。

場上，李光耀帶球過半場，擔任控球後衛的角色，高高舉起右手，比出了戰術的手勢。

隊友們接收到李光耀的指示，很快動了起來，包大偉從三分線外空手切進禁區，魏逸凡與楊真毅輪番幫他單擋掩護。

李光耀運著球，看著跑位的情況，心想現在場上在對位上擁有絕對優勢的只有兩個人，一個是天才無人敵的自己，另外一個就是……

李光耀把球用力傳給魏逸凡，魏逸凡在罰球線右側接到球，毫不猶豫地往右切，一個跨步就突破大前鋒的防守，小前鋒見此馬上過來補防，但是魏逸凡早就有心理準備，收球大轉身，甩開小前鋒的同時籃框就近在眼前。

「好……」謝雅淑已經準備好要從椅子上跳起來替魏逸凡歡呼，可是在這個當下，卻有一個人影高高跳起來，把魏逸凡投出的球狠狠拍走。

辜友榮再次展現出驚人的防守能量，守護向陽高中的籃框，不讓光北有機會趁虛而入，送給魏逸凡一個大火鍋。

被辜友榮拍走的球落在小前鋒翁和淳手上，有了剛剛被快攻的經驗，李光耀跟包大偉快速回防。

翁和淳見沒有快攻機會，把球傳給得分後衛溫上磊，而即使李光耀與包大偉已經回防，接到球的溫上磊仍完全不等自己的隊友，毫不猶豫地運球往前衝。

李光耀與包大偉對視一眼，眼神交會的瞬間，了解彼此心中的想法。身高比較高的李光耀往禁區退，包大偉則站在弧頂三分線上，兩人已經做好準備要擋下溫上磊。

出乎李光耀與包大偉預料的是，溫上磊沒有選擇切入，而是在弧頂三分線外一步的地方停下，收球，跳投出手。

球劃過一道美妙的軌跡，清脆的唰聲傳來，球空心命中，觀眾席上的向陽學生頓時爆出熱烈歡呼聲：

「向陽、向陽、向陽、向陽、向陽！」

這顆三分球幫助向陽在比賽一開始就取得了零比七的領先優勢。見狀，吳定華焦急地走到李明正身旁，

「明正，你看是不是先喊個暫停比較好？」

李明正鎮定地說：「等等，再看一下。」

一開局就陷入這種不利的局面，光北高中的球員各個面容緊繃，從他們成軍報名丙級聯賽以來，從未發生過開局就陷入零比七的落後。

坐在觀眾席上的啦啦隊跟學生加油團極度安靜，就連少數從未接觸過籃球的學生都看得出來向陽高中實力非常強，光北完全沒有任何反擊的能力。

就在這個時候，李光耀運著球，在場上大喊：「沒關係，不要急，穩穩打一波，現在還不是緊張的時候！」

李光耀的話語就像是定神丸，讓場上跟場下的隊友頓時間安定下來。不過李光耀很清楚向陽是一支與眾不同的球隊，要擊敗他們真的要繃緊神經，發揮出比平常更強的實力。

李光耀跨過中線，一邊指揮球隊，一邊思考該怎麼把場上的劣勢最小化，優勢最大化。

謝雅淑心知氣勢完全倒向向陽，這一波進攻至關重要，站起來大喊：「加油啊，跑位要跑快一點，禁區的要幫忙掩護！」

包大偉、高偉柏、魏逸凡、楊真毅在場上不斷輪轉，不過向陽的防守中樞辜友榮同樣指揮著隊友防守的跑位，讓光北的跑位徒勞無功。

李光耀瞄了紀錄台上的計時器，發現進攻時間只剩下十秒鐘，無可奈何之下，再次把球傳給魏逸凡。

魏逸凡在左側三分線內一步的地方接到球，做了投籃假動作，把大前鋒晃起來，下球切入禁區。見到辜友榮跟小前鋒的補防過來，魏逸凡瞬間做出判斷，地板傳球給籃下完全沒有人防守的高偉柏。

魏逸凡傳球的時機非常巧妙，全場的人都認為高偉柏接到球之後將為光北拿下兩分，沒想到辜友榮身子一矮，右手往下一撈，直接把魏逸凡的傳球抓在手裡。

辜友榮嘴角勾起一絲笑意，眼神似乎是對魏逸凡說，你剛剛才被我蓋一個大火鍋，我就不相信你在我面前還敢繼續投籃！

辜友榮馬上把球傳給場上運球能力最好的控球後衛林盈睿，大吼一聲：「快攻！」

向陽五名球員往前場衝，但是光北的回防速度也很快，不給向陽快攻得分的機會。

然而林盈睿沒有停下腳步，面對李光耀的防守，重心壓低，強勢地往禁區切。

李光耀往後退，壓縮林盈睿的切入空間，讓禁區的大個子可以判斷他的切入動向，進而形成底線包夾，想藉此造成林盈睿的失誤。

「把球給我！」就在林盈睿即將陷入重重包圍的瞬間，辜友榮從弧頂三分線外拖車跟進，林盈睿連看都沒有看，直接把球往辜友榮聲音傳來的方向一丟。

林盈睿這一球傳得並不好，有點太高，但是辜友榮跳起來右手一抓，還是把球牢牢地掌握在手中。辜友榮落地後，李光耀、魏逸凡、楊真毅、包大偉四個人立刻衝上去包夾。吸引了所有人注意力的辜友榮，趁此時將球傳給了站在左側四十五度角，三分線外的得分後衛溫上磊。

溫上磊接到球，周圍三公尺的範圍完全沒有人防守，讓他可以按照平常練習的節奏將球投出。

溫上磊的右手在空中維持出手姿勢，眼神充滿自信地望著球精準地往籃框中心落下，激起了清脆的唰聲。

溫上磊三分球進，幫助向陽高中把領先優勢拉開到雙位數的差距！

比賽進行到現在過了兩分三十六秒，光北高中陷入了非常不利的局面，這時李明正大步走到紀錄台，比出手勢，「暫停。」

尖銳的哨音響起，裁判大聲說道：「光北高中，請求暫停！」

（《最後一擊：傳奇4》完）

國家圖書館出版品預行編目資料

最後一擊：傳奇 / 冰如劍作 . -- 初版 . -- 臺北市：
POPO 出版：家庭傳媒城邦分公司發行, 民 107.04,
冊； 公分 .-- (PO 小說；25-)
ISBN 978-986-95124-6-6(第 4 冊：平裝)

857.7 107002845

PO 小說 25

最後一擊：傳奇（4）

作　　者／冰如劍
責任編輯／高郁涵、吳思佳　　行銷業務／林政杰
主　　編／陳靜芬　　版　　權／李婷雯
網站經理／劉皇佑

總 經 理／伍文翠
發 行 人／何飛鵬
法律顧問／元禾法律事務所　王子文律師
出　　版／城邦原創 POPO 出版　城邦原創股份有限公司
台北市中山區民生東路二段 141 號 6 樓
電話：(02) 2509-5506　傳真：(02) 2500-1933
POPO 原創市集網址：www.popo.tw　POPO 出版網址：publish.popo.tw
電子郵件信箱：pod_service@popo.tw
發　　行／英屬蓋曼群島商家庭傳媒股份有限公司城邦分公司
聯絡地址：台北市中山區民生東路二段 141 號 11 樓
書虫客服服務專線：(02) 25007718 · (02) 25007719
24 小時傳真服務：(02) 25001990 · (02) 25001991
服務時間：週一至週五 09:30-12:00 · 13:30-17:00
郵撥帳號：19863813　戶名：書虫股份有限公司
讀者服務信箱 email：service@readingclub.com.tw
城邦讀書花園網址：www.cite.com.tw
香港發行所／城邦（香港）出版集團有限公司
地址：香港灣仔駱克道 193 號東超商業中心 1 樓
email：hkcite@biznetvigator.com
電話：(852) 25086231　傳真：(852) 25789337
馬新發行所／城邦（馬新）出版集團 Cité(M)Sdn. Bhd.
41, Jalan Radin Anum, Bandar Baru Sri Petaling,
57000 Kuala Lumpur, Malaysia.
電話：(603) 90578822　傳真：(603) 90576622
email：cite@cite.com.my

封面插畫／唐尼宇
印　　刷／漾格科技股份有限公司
經 銷 商／聯合發行股份有限公司
電話：(02) 2917-8022　傳真：(02) 2911-0053

□2018 年 (民 107) 4 月初版　　Printed in Taiwan.
□2018 年 (民 107) 11 月初版 1.5 刷

定價／ 260 元
 ISBN 978-986-95124-6-6